AF291008

Aura de Mujer

Emma Arlubins

Copyright
© Emma Arlubins Carmona 2019

Impreso y editado por Books on Demand GmbH
info@bod.com.es — www.bod.com.es
Impreso en Alemania – Printed in Germany

ISBN: 9788413268187

A Joan, sin ti Aura de Mujer no existiría
y a mis padres por acompañarme
desde las estrellas.

Emma Arlubins

CAPÍTULO 1

Pudo ser una mañana cualquiera de un mes de septiembre, todavía resonaba en las mentes de la gente el sutil sonido de las olas del mar. Nos encontramos en una preciosa ciudad costera al noroeste de la península ibérica, la tranquila y a la vez populosa urbe se disponía a iniciar un nuevo día, tras las vacaciones estivales. Volver de un largo periodo vacacional, implica que todos adaptemos nuestro día a día a los horarios laborales y a las tareas cotidianas y muchos a los horarios escolares. Las pilas parecen estar recargadas para afrontar las próximas jornadas, que sin remedio nos llevarán a un nuevo invierno, seguramente frio y desapacible. Pero las sorpresas no avisan, nada es previsible cuando nada se espera.

Para Alex, esa mañana no iba a ser una mañana de tantas. Era un hombre maduro, peinaba ya más de una cana, nativo de estos lares e hijo de una familia de tantos y tantos procedentes de la emigración interior, veterano marinero, bregado en mil mareas, superviviente de mil batallas y un luchador incansable. Ignorante de lo que estaba a punto de suceder, se disponía a iniciar su servicio en la escuela de primaria donde trabajaba. Se abrieron las puertas del exclusivo centro de enseñanza para que comenzaran a acceder al mismo los expectantes colegiales, cargados de nuevas ilusiones, nuevos retos y preñados de la alegría al reencontrarse con sus amiguetes del año anterior, sus maestros, sus flamantes carteras y unos estuches llenos de lápices vírgenes dispuestos para llenar y llenar cientos de papeles hasta ahora en blanco y esperando que sean plagados de rasgos que dibujarían nuevos futuros de esos enanos que nos roban el corazón con su alegría. Como no puede ser de otra manera, junto a esos pequeños, accedían también unos padres, madres y familiares en general, que asimismo mostraban rostros de una cierta felicidad contagiada por sus propios hijos o nietos.

Alex, tarareaba para sí mismo una de esas canciones, que un día podrían haber salido de su pluma, este parecía estar poseído por el espíritu de un poeta. Nadie sabía de donde salían aquellas ocurrencias que a menudo plasmaba en algún papel. Lo que nadie imaginaba era lo que hoy iba a suceder irremisiblemente, iba a estallar una bomba. Y estalló, por aquella puerta apareció como venida seguramente de esa parte del cielo donde habitan los ángeles, una hermosísima joven… diríamos que deslumbrante mujer cuyo nombre conoceremos más adelante, una mujer que sin saberlo, iba a ser la otra protagonista de nuestra historia.

Su semblante era una mezcla entre firme y delicado, dueña de una inusual belleza, y sobre todo, una intrigante mirada mágica. Su sonrisa era una invitación para explorar qué misterios se escondían tras ella, sus penetrantes ojos eran como flechas en busca de una diana certera. Sus labios rojo pasión, mostraban sin buscarlo, una seguridad en sí misma, propia de una mujer de mundo, tal vez convendría decir, de otro mundo.

El inicio de un día escolar, se asemeja al inicio de la travesía de un buque que parte cada mañana y regresa al atardecer a su puerto de origen, tras su recorrido por el mundo de la magia y de los sueños, y que despierta la imaginación, tal que si se tratase de una embarcación de gran calado, lleva a bordo además de sus inigualables pasajeros, una tripulación debidamente adiestrada para surcar los mares. Cada uno de esos tripulantes tiene sus funciones. Alex, sería el contramaestre del buque, se encargaba de las maniobras de desamarre de la nave, controlaba la derrota y la bitácora durante el viaje y por último dirigía el atraque y desembarco del buque a su llegada a puerto.

Pero aquella mañana, se iba a dificultar el desatraque de la embarcación. Alex, acostumbrado a las tareas propias, entró en un extraño estado, podríamos decir que entró en estado de shock. Intuía que no era buena idea fijarse en aquella mujer, pero era inevitable, al principio pensó que se trataba de un efecto de paramnesia, como cuando sentimos que algo ya lo hemos vivido antes, sí, un dejà vu. La verdad es que la primera impresión fue tremenda. Una fuerza extraña le hizo enmudecer de repente sintió en su frente un sudor frio y una caída de energía que le dejó paralizado durante unos segundos.

De pronto, oyó una voz que le decía:

—Alex… ¿está bien? —era la inconfundible voz de la directora del centro, Doña Ángela, una espléndida mujer, todo corazón.

—Sí, sí, todo en orden. —respondió Alex, si supiese hasta donde había viajado en el tiempo durante el paréntesis mental.

Un inocente cruce de miradas, puso fin al episodio sin más.

Después transcurrieron muchos días y muchas tardes, ese cruce de miradas se repitió en multitud de ocasiones, eran solo unos instantes, pero le llenaban de energía para todo el día. Los fines de semana se hacían interminables. Las inocentes miradas se repitieron durante largo tiempo, la absurda timidez de Alex y el dulce recato de aquella bella dama, impedían un acercamiento fácil. Mil veces pensó en abordarla para cerciorarse de que no era una alucinación procedente de su castigada mente. Pero, no pasaba del "buenos días" "buenas tardes" eso cuando no quedaba mudo y absorto mirándola, sin más. Él jamás hubiese podido realizar ninguna maniobra que pudiese incomodarla. Pero un buen día, el azar, aunque ayudado de una cierta dosis de descaro por su parte, hizo que coincidieran en un banco situado junto a la escuela. Durante años había soñado con una situación así, no podía perder la oportunidad, era ahora o nunca, no había garantías de que se presentase otra ocasión propicia. Alex miraba a Elisabeth, ese era su nombre, ella evitaba esta vez un cruce de miradas. Había que romper el hielo, recordaba perfectamente su nombre, un día sí se atrevió a preguntarle, pero lo hizo de nuevo,

—¿Cómo te llamas? —preguntó decidido.

Ella le respondió, iluminándolo con sus ojos. —Elisabeth.

—¡Ah! —él fingió no recordarlo, para ello tuvo que desviar la mirada. Alex no sabía mentir sin que se le notase al instante.

—¿Te gusta leer? —de nuevo fingió, alardeaba de poder leer en los ojos de una mujer así.

—Sí. —respondió Elisabeth.

"Ahora es la mía. Se lo tenía que decir, pensó Alex".

—Tienes unos ojos preciosos.

Bien podía haber recibido una bofetada o un desplante, pero Alex se arriesgó y esta vez ganó una hermosa respuesta de Elisabeth:

—Gracias. —le contestó agradecida.

Hubiese deseado que se paralizara el tiempo en ese instante, Elisabeth no se daba cuenta de que sus intenciones eran egoístas, él podía leer en esos ojos y a través de ellos alcanzaba la luz necesaria para sus propósitos, buscaba la inspiración. Esa inspiración que un día hizo salir de su pluma ríos de tinta. Ahora estaba dispuesto a zarpar de nuevo y vaciar esta vez océanos de esa tinta. La exquisita educación que adornaba el bello semblante de Elisabeth, hizo que jamás hiciese una crítica de los espantosos poemas y algunas reflexiones de distintos períodos que, eso sí, con mucho cariño le regaló Alex, para que sirvieran de hilo conductor de una relación indefinida, porque no había forma de definir lo que sentía él, y como iba a saber lo que pensaba ella.

Parecía el escenario perfecto para forjar los cimientos de una historia de amor. En un principio Elisabeth no le dio importancia, jamás pensó que aquel hombre quisiera buscar en ella, algo más que una bonita amistad. Incluso imaginó que esas mismas notas repletas de poemas que le había entregado, eran una manera de darse a conocer entre los cientos de padres lectores de la escuela.

CAPÍTULO 2

Como todas las mañanas se apresuraba a vestirse y arreglarse con el mínimo tiempo, siempre había sido una mujer preocupada por su aspecto, tenía a quien parecerse, su madre fue una mujer elegantísima y verdaderamente guapa, Elisabeth siempre mencionaba como le hubiese gustado ser como ella, pero con sus ojos, los ojos verdes de su padre. .Sabía que podía presumir de ellos, curiosamente jamás su marido hizo ningún halago. Maquillándose, recordó como Alex si se lo había mencionado.

Aquello la hizo sonreír, decidió pintarse los labios rojos, esa mañana resaltaría más sus ojos. Ese pintalabios le trajo gratos recuerdos, su abuela materna era una mujer muy fuerte de personalidad, testaruda, valiente, con mucho carácter, pero muy cariñosa con los niños. Le encantaba cocinar, su cocina era su refugio y lo era tanto, que en una repisa en lo alto, guardaba siempre un pintalabios rojo, su exterior dorado brillante. Y como no, un espejo para pintarse los labios. Su frase era:

"Elisabeth me pinto los labios y nos vamos a comprar al mercado" añadiendo: "Una mujer para verse guapa le basta un carmín rojo". Jamás salió a la calle, sin sus labios rojos. Ahora era Elisabeth quien se los pintaba. Le faltaría imitarla, pintándoselos en la cocina, algo muy poco corriente pero muy femenino en aquellos tiempos.

Se peinó y salió a toda prisa con los niños hacia la escuela, interiormente deseaba que estuviera y la saludara con un buenos días y ¿por qué no? tal vez un poema.

Alex se dirigía hacia la escuela, durante el trayecto viajó al pasado, él en una ocasión, había vivido esa sensación. Cada uno es dueño de sus sueños, de sus locuras y de sus recuerdos. Todos deseamos encontrar a alguien cuyos demonios se entiendan con los nuestros. Alguien con quien resurja nuestro verdadero yo. Y poder ser nosotros mismos. Es algo mejor que un amor porque cada uno descubre una parte del otro sin necesidad de que medie ninguna palabra y con la necesidad que medie una vida repleta de permanencia. Una complicidad se alcanza con esas personas a las que te agarras para que dejar que se te escape el presente y al mismo tiempo piensas lo que nos podría deparar el futuro.

Alex, buscaba la complicidad, pero la búsqueda de según qué sensaciones convierten en algo, en lo más parecido al amor. No estaba en su mente enamorarse. Enamorarse es como ejercer de bombero pirómano, crees que puedes dominar un incendio porque conoces sus componentes, pero ignoras la virulencia que puede alcanzar si lo alimentas sin control. El problema es que el amor no es un incendio normal, es más parecido a la erupción de un volcán, que emana de las entrañas de la tierra, por tanto, imposible de controlar. Alex, era como hemos dicho anteriormente, un hombre sencillo, pero a la vez nutría su cerebro con pensamientos filosóficos, concebía que todo debiera basarse en el dominio de la racionalidad. Es por eso que entre sus cientos de escritos aparecían multitud de reflexiones, fruto de las investigaciones y de las experiencias vitales de su dilatada existencia. Decidió entregarle unos escritos, la mayoría poemas y reflexiones con la intención de acercarse más ella. Elisabeth, intrigada por su actitud, empezó a leer aquel extraño compendio en forma de libro que le regaló con una encuadernación casera aunque esmerada, era una especie de borradores sin un riguroso orden y de diversas materias. Alex no pensaba más que en una fórmula para evitar que se interrumpiese lo que para él era un sueño hecho realidad, pero convertir un deseo en una realidad, precisa de una estrategia. No podía perder la oportunidad que tenía delante, poder ver cuando quisiese a la musa que le podía proporcionar un filón de inspiración, a la bella Elisabeth.

Enseguida se materializó el primer mensaje improvisado en forma de declaración de intenciones. La respuesta de Elisabeth, sorprendió a Alex, se trataba de una nota manuscrita de aquella maravillosa mujer. Alex leyó y releyó aquellas palabras más de veinte veces. Hizo además un análisis caligráfico de aquella nota que para él era en ese momento su mayor tesoro. Consciente del riesgo que supone el intercambio de papeles aprovechó el mismo para responder aquellas bellas palabras que quedaron grabadas ya solo en su mente.

Tras un par o tres de este tipo de mensajes, intuyó que debía buscar otro modo de comunicación con Elisabeth, las cosas habían cambiado mucho, aquella buena mujer Ángela ya no era la directora del colegio, ahora lo regentaba otra persona muy diferente, sus métodos de control incluían un seguimiento con la mirada de cualquier movimiento de todos sus subordinados, Alex era consciente de ello, y por supuesto Elisabeth, enseguida ambos se dieron cuenta de que aquella mujer los observaba durante los breves contactos que mantenían diariamente para cambiar impresiones. Susana, se llamaba la distinguida directora.

Alex, tranquilizó a Elisabeth, con unos argumentos que invalidaban cualquier peligro inminente, pero no tardó en ingeniárselas para evitar un trasiego de papelitos de una mano a otra. A modo de agente secreto, se dispuso a diseñar un sistema para conseguir el número de teléfono de Elisabeth, confiaba en la inteligencia de aquella mujer y no se equivocaba, la respuesta fue inmediata, ya tenían un contacto digital alejado del peligro de los papeles físicos. No cabe duda que esto también resultaba ser un problema, no habíamos dicho hasta ahora, aunque era previsible, que Elisabeth era una mujer casada, y por su parte Alex llevaba cuatro décadas de convivencia con su esposa de siempre. Ninguno de los dos tenían en su pensamiento realizar actos que pudiesen perjudicar a nadie, su relación era de pura amistad, pero era consciente de la situación, todavía tenía sentido del respeto y de las responsabilidades de ambos con sus respectivas familias.

Los mensajes iban desde simples reflexiones filosóficas o comentarios, como hemos dicho anteriormente improvisados, a también conversaciones de carácter diríamos que secreto.

No cabe duda que era una mujer culta, acostumbrada a la lectura, especialmente de temas novelados y siempre cercanos a lo romántico. No en vano regentaba un establecimiento de esos que combinan ocio y cultura, un bar librería o una librería bar, según se mire. Elisabeth llevaba dentro de su esencia un perfil innato de escritora, seguramente no desarrollado por las responsabilidades propias de una mujer trabajadora y además ama de casa. Parece un concepto antiguo, pero no por eso obsoleto por desgracia.

Cuando Alex conoce esta actividad de Elisabeth, no se lo piensa dos veces, es lo que necesita en este momento para lograr dos tiempos. Algo le dice que puede ser una realidad objetiva.

Este tipo de negocio está a caballo entre una forma de ganarse la vida y un servicio al fomento de la cultura. La racionalidad de Alex, era relativa, cuando afrontaba temas románticos en sus escritos, parecía que abandonaba esa disciplina de la razón y parecía hablar más con el corazón que con la cabeza. Para Ella, aquello que por curiosidad empezó a leer, era claro que tenía poco valor artístico, mezclado con unas reflexiones aparentemente lógicas, en otros se detectaba una tristeza y una sensación de soledad y de melancolía impropias de un hombre como el que había conocido.

Lo que empezó por una curiosidad, se convirtió en el deseo de seguir leyendo aquellos extraños escritos. Los días que siguieron iban a suponer un vuelco en sus vidas.

Alex frecuentaba el bar librería sin intención de comprar ningún libro, simplemente para poder verla a ella. Aún recordaba la primera vez que entró en aquel exclusivo local, por la delicada y certera decoración de aquel salón se intuía que había estado en manos de algún experto decorador de interiores, pero no era así, Elisabeth era quien había diseñado y realizado todos los trabajos con una exquisitez extraordinaria, había sabido plasmar el espíritu de lo que tenía que ser un centro cultural que además alojaba un espléndido café bar que rebosaba gusto y confort. No faltaba ni un solo detalle para hacer que quien estuviese allí disfrutara de su estancia. Ella se mostraba alegre cuando él de forma sorpresiva aparecía por la puerta, sabía de sobras que no significaba una venta segura, pero sí una sensación especial. Las intenciones de Alex, habían cambiado, su objetivo ahora era iluminar aquellos hermosos ojos, y para ello se desvivía en lograr alcanzar a ver en ellos rasgos de felicidad. Agradeció a su nueva amiga y cómplice la energía que recibía procedente de esa ilusionante relación. Era una relación sana.

"Querida amiga:

Tengo que darte las gracias, porque no sé cómo, pero cuando más bajo me encuentro, de pronto apareces ahí para levantarme el ánimo y para seguir remando en este río revuelo, la debilidad se adueña poco a poco de la moral que me mantiene vivo. Indico a los demás que sean dueños de su vida y yo mismo no sé enrolarme en ese barco cuyo puerto de destino se llama felicidad. Mi corazón roto está zurcido por cada una de las palabras que me escribes".

Elisabeth le respondió inmediatamente:

"Estimado amigo…

Quisiera agradecerte tus palabras de afecto. Es un placer para mi contar con tu presencia esporádica, aunque cada vez más habitual en mi Coffee&Books. Quiero expresar mi admiración por tus escritos, repletos de reflexiones y transmitirte mi cariño por los sorprendentes sentimientos que dices sentir por mí. Cuando visitas mi librería, siento algo muy especial, no sabría definirlo, no sé si es admiración, comprensión, cariño, no lo sé, pero es cierto que es algo distinto a lo habitual. Por cierto, Alex, el próximo día que nos visites quisiera proponerte algo, creo que te puede interesar.

Recibe un cordial saludo,

Elisabeth".

Intrigado por aquellas palabras, no tardó en visitar una vez más Coffee&Books, esta vez tenía un motivo muy concreto, averiguar qué tipo de propuesta era de la que hablaba Elisabeth.

CAPÍTULO 3

—Hola Alex, ¿qué tal el trabajo?

—Pura rutina Elisabeth, nada novedoso por allí.

—¿No conoces a mi esposo verdad?

—No, no tengo el placer.

—Ernesto, te presento a Alex jefe de estudios del colegio de nuestros hijos.

—Ah, sí tal vez hemos coincidido alguna vez ¿Es aficionado a la literatura?

—Ya lo creo, que haría aquí sino.

—Claro, claro que pregunta —respondió irónicamente.

—¿Vaya Elisabeth, esto forma parte de la propuesta? parece que no le hago mucha gracia, ¿no? —peguntó imaginando que la historia no terminaba ahí. Aprovechando un despiste de Ernesto.

—Tranquilo, ven sentémonos, tenemos que hablar. Había pensado que podrías hacer aquí una especie de conferencias, o charlas de filosofía ¿Qué te parece?

—Elisabeth, no sé si estoy preparado yo para eso, además ¿cuándo sería eso?

—Pues no sé, una vez a la semana, o cuando te vaya bien a ti.

—Tendré que pensarlo Elisabeth, ya te diré algo. Fíjate, tu esposo no nos quita el ojo de encima. Crees que sospecha algo.

—¿Algo de qué? Tú eres mi amigo. —respondió sonriendo.

—Sí, tienes razón, a saber si él piensa lo mismo. Mira, ya lo tengo, mi primera conferencia tratará sobre eso.

—¿Aceptas la propuesta? —le preguntó ilusionada.

—Sabías de sobra que aceptaría, ¿O no? —dijo tendiéndole la mano.

—¡Que ilusión! Va a ser maravilloso. Entonces ¿hablaras de mujeres?

—Hablaré de igualdad. —respondió convencido.

Alex era un apasionado de la ortodoxia y de la belleza del lenguaje y la técnica de su estructura y la profundidad de los mensajes. Es el objetivo de un poeta, conseguir ambos aspectos en una misma obra. Intenta una y otra vez, conseguir esas máximas del oficio de trovador. Pero para este trabajo va a usar su faceta de jurista y de filósofo más que de poeta.

Alex preparó su primera intervención en Coffee&Books con especial dedicación.

Planificó un monólogo que diera paso a un debate sobre la materia a tratar. Sin duda habría detractores de su tesis.

Llegó el día, como habían pactado, los últimos jueves de cada mes realizaría un evento en el exclusivo local de Elisabeth. La expectación era notable, los clientes de Coffee&Books eran mayoritariamente gente de letras, no era un establecimiento al uso. Se dieron cita esa primera tarde de jueves los asiduos y otros captados por el poder de convocatoria de la singular propietaria del centro literario.

—Buenas tardes a todos, gracias por su asistencia. Tengo el honor de presentarlos a Alex Reinado, poeta y filósofo que nos introducirá en ese mundo de las ideas y de los pensamientos.

Cada jueves planteará un tema que dará origen a un interesante debate.

Unos aplausos dieron la bienvenida a un Alex que lejos de este tipo de actos, si pudo capear, no en vano durante cuatro décadas se dedicó a la docencia, estaba acostumbrado a hablar en público.

Los ojos de Elisabeth se iluminaron, él la miró, el cruce de miradas denotaban complicidad. Era su principal objetivo, hacer billar esos ojos.

—Buenas tardes, Como muy bien ha explicado nuestra anfitriona, voy a plantear un tema y posteriormente daremos paso a las distintas preguntas u opiniones de quienes quieran participar en esta materia.

El tema de hoy lo he titulado: Géneros y números. Se trata de identificar las causas de desigualdad entre los integrantes de un grupo familiar, es decir del núcleo de un proyecto de familia, la pareja, formada por individuos de distinto sexo. Lógicamente, válido también, y aplicable a otros tipos de parejas, llámense como se quiera llamar. Empezamos por ir al principio de los tiempos. Las primitivas sociedades se organizaban según las necesidades de supervivencia del propio grupo social. Desde tiempos ancestrales hemos conocido grupos sociales basados en el patriarcado, es decir, el primate avanzado, denominado homo sapiens, imitando al mundo animal como más antiguo y experimentado, ha formado sociedades basadas en la supremacía del macho sobre la hembra. Muy excepcionalmente encontramos grupos sociales matriarcales. Amazonas de Brasil y algún otro caso, muy pocos.

El mal llamado sexo débil es sometido desde el principio de los tiempos por la fuerza física del macho dominante. Los roles se consolidan para esconder las limitaciones del macho y apagar la fuerza mental de la hembra. La injusticia está servida por los siglos de los siglos. Las libertades quedan a un lado y dan paso al machismo imperante y a la sumisión de la mujer. Pero todo tiene su fin, la libertad y la justicia se han de abrir camino dando paso a la igualdad. El respeto es el primer paso para que reine el amor entre dos seres de distinto sexo. El dinero y las posesiones, son una estrategia para el mal. Los valores verdaderos son la comprensión y el agradecimiento mutuo independientemente de lo que aporte cada uno. Lo que sí deben aportar ambos es amor, sentimiento, admiración. Sin géneros ni números. A alguien puede parecerle un planteamiento feminista, no, no es eso. Es un planteamiento basado en la igualdad. No en la supremacía del ningún género sobre el otro. La base de la convivencia es el respeto de los derechos y de las libertades de los individuos independientemente de su género.

Disculpen ¿Alguna pregunta? Este es un acto participativo, no duden en interrumpir en cualquier momento.

Ernesto permanecía sentado junto a Elisabeth en un lugar discreto aunque preferente. Lucía una media sonrisa de lado de esas que rompen la simetría de un rostro, sus ojos indicaban una cierta incredulidad. Parecía pensar, «pero que dice este tío, lo van a patear».

De pronto...

—Disculpe Alex, ¿dice usted que llevamos siglos equivocados en nuestra organización social?

— Ja, ja, ya empezamos. —rio Ernesto burlándose.

—Ernesto, por favor. —replicó Elisabeth.

—¿Señor...? —Alex se dirigió con atención para responder.

—Sí, soy Rodrigo Peláez, profesor de ciencias en un instituto público.

—Encantado, señor Peláez. Mire usted, no estamos aquí para juzgar lo que hemos hecho, sino para analizar en qué podemos mejorar nuestra convivencia y por tanto mejorar la sociedad en la que vivimos. Aprovechando que es usted profesor de ciencias.

Fijémonos en el mundo animal es un referente válido, nos llevan siglos de ventaja. El león, mal llamado rey de la selva. El hábitat natural de los leones es la estepa no la selva. Un mito puede modificar realidades palpables, pues bien, el león macho, es un ejemplo claro de supremacía, es muy raro ver leones machos cazando, solo mantienen su territorio y no se esconden como podrían hacer otro felinos, al contrario, muestra su poder, su melena para proteger su espacio. Son las hembras las cazadoras las que cumplen el rol de supervivencia a través de la depredación. Pero ni uno ni otro cazan por venganza ni por odio. Lo hacen por supervivencia pura. Es un claro ejemplo de colaboración con cambio de rol. Se ha comprobado que leones macho que quedan sin hembras, acaban famélicos y terminan por morir de inanición. Otros ejemplos podríamos citar, las abejas y los zánganos, y el extremo la mantis religiosa, que devora a su macho, entendemos que para absorber su fuerza viril. Pero el ser humano dispone de un cerebro capaz de orquestar estrategias y tomar decisiones a sabiendas que son innobles. Eso abre la posibilidad de urdir armas de destrucción de sus semejantes, de forma antinatural. Los elementos que intervienen para tales actos son siempre los mismos, la envidia, el odio, la codicia y el poder. Analizar los aspectos que nos llevan a realizar actos antinaturales es el primer paso para considerarnos desarrollados. Lo contrario nos convierte en animales irracionales. Gracias por su atención.

Un cerrado aplauso cerró la primera conferencia de Coffee&Books.

Elisabeth aplaudía con auténtica ilusión. Ernesto con un lento aplauso disimulaba ante los asistentes la opinión que tenía del orador, no tanto por lo que decía, sino por la amenaza que suponía para él que ese hombre estuviese cerca de su mujer. Fue el inicio de un largo periodo de intervenciones de Alex en Coffee&Books, cada jueves un nuevo tema, cada tema un debate apasionado. La participación de los asistentes cada vez era mayor. Se sentía apoyado por el público y sobre todo por Elisabeth.

CAPÍTULO 4

Los mensajes, entrevistas y las visitas empezaron a multiplicarse, convirtiéndose en larguísimas conversaciones de mil y un temas, empezaban a aflorar confesiones entre ambos que jamás hubiesen visto la luz, secretos inconfesables que solo quedarán encerrados para siempre en sus corazones, y que serán el vínculo más importante de su relación.

Vinieron otros muchos, abarcaban distintos temas, hasta incluso temas políticos. Los ideales en materia de política de ella estaban bastante alejados de los de él, ambos eran conscientes de ello y evitaban en lo posible tocar esos temas. Alex había estado sumergido durante años en temas de política, tenía en su poder un título que le acreditaba como letrado, profesión que jamás ejerció. Como habíamos señalado, Alex era procedente del fenómeno de la denominada inmigración interior, y sobre todo se había formado en valores jurídico-políticos que lo mantenían en una cierta postura irrenunciable. Por su parte, Elisabeth, defendía unos valores nobles, y también irrenunciables, este iba a ser un hándicap para su relación, y para su amistad.

Ambos lo sabían y lo evitaban, cualquier roce hubiese supuesto la ruptura de esta relación mágica. Alex, que era un investigador nato, escudriñaba en el pasado histórico para averiguar lo que daba validez a los argumentos que esgrimía ella en defensa de su causa. Pero a veces su nerviosa mano metía la pata y escribía cosas de las que más pronto que tarde se iba a arrepentir. Luego vinieron más y más escritos, disfrutaba haciéndolos, Elisabeth los recibía con agradecimiento, y respondía siempre de forma que parecía alimentar su autoestima, sus palabras eran para él como un bálsamo que le inducía a seguir y seguir en esa onda. Estaba eufórico, su mente era una olla a presión, no paraba de idear lo que creía que necesitaba Elisabeth, un poco de atención, algo de cariño, y él estaba dispuesto a dárselo. No tenía que fingir nada, su amistad era sincera y eso se notaba, no cabía duda. Tras una breve charla con Elisabeth, ésta le contó alguna faceta de su juventud él le escribió:

"Así que vendedora precoz. No me extraña. A mí me podrías vender cualquier cosa, y tambіén a cualquiera… podrías vender… cubitos de hielo en el polo norte, abrigos en el Caribe, banderas norteamericanas en Moscú, esvásticas en Judea, trajes de Armani en la China, chuletas de cerdo en Marruecos, catecismos a los ateos, peines a los calvos, redes de pesca en el desierto, espejos a los ciegos, megáfonos a los mudos, misiles a Green Peace, crucifijos en el infierno, seguros de vida en el cementerio, extintores a los pirómanos, Kama-Sutras en los conventos, tricornios a los gitanos, zapatos del mismo pie y no harían daño... y mil cosas más... porque nadie incluido un servidor, se darían cuenta de lo que compraban, estarían hipnotizados mirándote a los ojos".

No cabe duda que tras una serie de mensajes de este tipo y otros cuyo contenido iba más allá de lo que podríamos pensar o imaginar, se estaban forjando unos cimientos muy sólidos de una verdadera relación amistosa. Por su parte Elisabeth no sabía que le movía a seguir esta relación, tal vez de una forma pasiva, como a la expectativa de algo que le hiciese posicionarse en esta difícil coyuntura. Alex necesita expresar su inquietud vital y la incertidumbre que había en su corazón, ante una situación de difícil asimilación por un cerebro racional. Empieza a plantearse la posibilidad de que estuviese abducido por una fuerza desconocida para él y contra la que no iba a poder defenderse.

Había conatos de sensación de impotencia, de desgobierno de la propia consciencia. Y a así fue pasando el tiempo, los días iban deshojando el calendario, y llegó el invierno.

Ernesto, esposo de Elisabeth, estaba dispuesto a reconducir su relación matrimonial, hacía tiempo ya que andaban distanciados. Esas navidades quería sorprenderla, lejos de ser detallista para estas cosas, recordó como paseando una tarde por la ciudad, su esposa se enamoró de un vestido en una exclusiva tienda del centro. Recordaba como halagó la exquisitez de aquel escaparate, sintiendo una gran atracción por un espectacular vestido lencero largo y ceñido, color verde agua y un escote sumamente pronunciado. Era un modelo carísimo, pero eso no le importó. Pensó que estaría guapísima con él. Era muy extremado, sabía perfectamente que solo lo utilizaría en ocasiones especiales, pero valía la pena, si con él demostraba a su mujer cuanto la quería.

Llegó el ansiado día de Navidad, una caja dorada con una gran lazada roja descansaba bajo el árbol. Elisabeth se sorprendió muchísimo al ver el regalo, por un momento dudó si era para ella, o tal vez se trataba de una sorpresa comprada por Ernesto para los niños, hacía ya muchos años que él no le compraba ningún regalo, era ella misma quien se los compraba y envolvía, y aun así, siempre los empaquetaba con muchísima dedicación. Para ello escogía los mejores papeles, cajas, lazos, detalles navideños a sabiendas de lo que contenía cada uno de ellos. No existían nunca sorpresas para ella.

—¿Para quién es este regalo, Ernesto? No veo ningún nombre…

—Sí lo hay, yo lo he visto entre medio del lazo.

Ella y los niños lo buscaron con impaciencia, Elisabeth deseaba que fuera para ella… y allí estaba…

PARA MI AMOR, ELISABETH
¡FELIZ NAVIDAD!

Abrió la caja con sumo cuidado… No podía creer lo que estaba viendo, cuidadosamente envuelto se encontraba aquel espectacular vestido que tantas veces soñó tener.
Entre lágrimas miró a Ernesto…
—Quiero que sepas que aunque no lo parezca, estoy loco por ti Elisabeth.
—Yo también te quiero.
Todo anunciaba una nueva etapa entre ambos, algo había hecho mella en sus actitudes y ambos estaban dispuestos a reencauzar su relación. Pero ella, era incapaz de olvidar su otra relación, la secreta, la que hizo que pasase de vivir a estar viva.
Pasaron los meses, y de nuevo aparecieron los primeros calores que anunciaban la llegada del verano. Un verano que iba a traer nuevos e inesperados acontecimientos. Los mensajes se convirtieron en una necesidad diaria, no había mañana en que Alex lo primero que hiciese fuera mirar si había una nueva comunicación, lo mismo le sucedía a ella. Esta verdadera necesidad era peligrosa, podía convertirse en una auténtica obsesión. Por otro lado existía el riesgo de que el propio marido de Elisabeth descubriese estas comunicaciones con un extraño, tomó la decisión de confesarle sus inquietudes:
“Buenos días Alex:
Ayer Ernesto y yo tuvimos una fuerte discusión, fue por una tontería pero lo suficiente para desestabilizar de nuevo nuestro matrimonio. Ahora necesito calmar esta situación, pronto llegaran las vacaciones de verano, egoístamente quiero pasar junto a mi

familia, unos buenos y relajados días como cada año en El Ampurdán.

Sabes que cada día espero ansiosamente tus mensajes, creo que ya no sé vivir sin ellos, pero ahora necesito espacio entre nosotros.

Deseo seguir con esta relación, has sido y sigues siendo muy importante para mí, pero tengo miedo que Ernesto nos descubra. Ahora no, en verano no, mis hijos se merecen ser felices estas vacaciones".

Alex se había convertido en una especie de confesor, su papel pasa por aliviar sus vicisitudes cotidianas…

"Querida Elisabeth:

El clima y la tramontana de El Ampurdán paliará roces, todo irá bien. Piensa que sin querer o queriendo, en ocasiones le planteamos retos a las personas, con nuevas actitudes, como la autoestima y el auto control que son armas potentes contra la sensación de posesión plena de otros, intuyen que no tienen ellos el control y se ponen a la defensiva. Eso no es malo, las fuerzas se equilibran, y todo queda en manos de la existencia o no, de verdaderos sentimientos. Disfruta el momento".

CAPÍTULO 5

Llegó mediados de junio, el curso finalizaba y con él los pocos encuentros de cada día al llevar y recoger a los niños a la escuela.

Para Elisabeth representaba una liberación, sus miradas no sé cruzarían. Tan solo existiría una comunicación verbal con sus mensajes. Era lo que necesitaba en ese momento, centrarse en su familia, por eso no dudo en cerrar Coffe&Books la última semana de junio, jamás lo había hecho, siempre lo hacía en agosto, pero este año decidió que sería diferente. Fueron días felices e inolvidables, disfrutaron plenamente de esas vacaciones, no faltaron momentos de risas y complicidad con Ernesto, el sé mostraba atento y enamorado como hacía mucho tiempo atrás.

Elisabeth era consciente que el distanciamiento con Alex favoreció un acercamiento con Ernesto. Pero su corazón tenía otro pensar, todos los días abría su teléfono en multitud de ocasiones con la esperanza de encontrar un mensaje, un poema, una reflexión, como la tenía acostumbrada. Pero no fue así, los mensajes eran cada vez menos frecuentes...

Las vacaciones llegaban a su fin, y la comunicación entre ambos era casi inexistente. Tumbada tomando el sol en aquel Paraíso, como ella solía llamar a su playa favorita, se le ocurrió la manera de volver con Alex con el permiso de Ernesto. Le propondría escribir una novela juntos, llevaba más de diez años con su negocio, con sus contactos no le costaría ningún esfuerzo encontrar quien se la publicara.

Elisabeth jamás había escrito, solo leía y participaba en muchas de las tertulias literarias que se ofrecían en su negocio. Pero eso a ella no le preocupaba, sabía que él podría escribir esa novela, en infinidad de ocasiones se lo había demostrado. Pensó en explicarle a Ernesto sus ansias por escribir una novela.

Alex era consciente del distanciamiento de su relación con Elisabeth, y decide escribirle un nuevo mensaje disfrazado de reflexión filosófica.

"Buenas tardes Elisabeth,

Aprender a olvidar…

Con el paso de los años, perdemos gran parte de las facultades que antes poseíamos, una de ellas es la memoria. La merma de esta capacidad, hace que la memoria cada vez sea más limitada y selectiva. Nos acordamos de lo que verdaderamente nos interesa, quedando en segundo plano lo que menos interés nos despierta.

Pero, cuando algo nos interesa de una forma especial, puede conducirnos a la obsesión. Es entonces cuando debemos iniciar un proceso de aprendizaje que nos ayude a olvidar aquello que se resiste a pasar al segundo plano de nuestra memoria. La obsesión es una idea o una imagen permanente que genera una dominación de la persona, por tanto es una crisis que puede derivar en una patología. El anhelo de que algo o alguien pueden hacer cambiar nuestro destino, las ansias de vivir otra vida distinta a la que vivimos, alimenta el deseo de un cambio radical. Y es cierto que una persona nos podría hacer cambiar nuestro sino, como es cierto también, que nosotros podríamos iluminar a otros en su camino a ese deseo supremo que todos tenemos que es la felicidad. Y tenemos derecho a luchar por ser felices en la vida, pero no a costa de pisotear los derechos de otros. La justicia se ha de basar en el equilibrio entre derechos y obligaciones, lo contrario es injusto. Es pues hora de planificar una estrategia definitiva que dé solución al conflicto interno.

Fundamentos para poder aprender a olvidar:

En mi último viaje a través del universo, he podido observar, que más allá de nuestra galaxia, existen infinitas galaxias, todas ellas transitan fieles a sus estrellas. Cada galaxia posee numerosos planetas y éstos sus propios satélites. Si un planeta intenta desplazarse y abandonar su galaxia para ingresar en otra, se produce un inevitable cataclismo que destruye al propio planeta, e incluso puede dañar a otros planetas.

Es por eso que al primer síntoma de pérdida de la órbita o desviación de la trayectoria de nuestro planeta, debemos activar el proceso que evite el cataclismo. El miedo a lo desconocido nos impide comprobar si tras un cataclismo puede haber una nueva vida.

Hemos hablado de una idea, por tanto, la estrategia para lograr un deseo, los deseos forman parte del consciente, pueden ser manipulados, antes de que crucen la línea del inconsciente, pues pueden convertirse en fantasía, no manipulable. Es lamentable, pero absolutamente necesario aprender a olvidar. Un adiós a tiempo, aunque nos parta el alma, puede devolvernos a nuestras órbitas y evitar unos daños probablemente irreversibles".

No tardaría ella en reaccionar ante estas palabras:

"Querido amigo Alex:

Yo no creo que tenga que olvidar nada, lo que no te mata, te hace más fuerte. No deseo que acabe esta relación, me has hecho sentir cosas que nadie me hizo sentir nunca".

Haciendo un gran esfuerzo, respondió a su apreciada Elisabeth.

"No, no, no hablo de olvidar el pasado, eso no, lo que no nos mata nos hace más fuertes, como bien dices. Hablo de olvidar aquello que tenemos en mente y puede llegar a hacernos o hacer daño a alguien. Lo no transcendental, la propia memoria lo pasa a segundo plano. Se trata de adaptarse a nuevas circunstancias y realidades objetivas".

Quiso invitarla a su estudio al recibir la inesperada contestación sobre el olvido, aún tenía esperanzas de volverla a seducir, sabía que apreciaría todas las obras literarias que durante muchos años había reunido con especial interés, tal vez sería la manera de acercarse a ella nuevamente.

Para él, fue una cita, para ella un primer encuentro, la diferencia estaba en los distintos sentimientos que los llevaron hasta allí.

CAPÍTULO 6

Aquel día hacía un calor espantoso, dos de Agosto, cumpleaños de Ernesto. La noche anterior fue interminable, Elisabeth deseaba impacientemente reencontrarse con él, explicarle su idea de escribir una novela conjunta. Tenía la certeza que no recibiría un no por respuesta, pero le inquietaba la incertidumbre de cómo lo llevarían a cabo.

Para ello decidió ponerse el vestido que Ernesto le regaló por Navidad. Se sentía segura con él y lo utilizaría también para la cena de cumpleaños, la ocasión lo merecía. Hasta la hora de cenar tenía tiempo suficiente para su "cita" como la llamaba él. Habían quedado a las seis en su estudio. Ernesto a esa hora estaría con su bicicleta como todos los domingos, tardaba unas dos horas en realizar su recorrido. Esperaría a que él se marchara, era imposible que la viera salir de casa con el vestido puesto. Su familia estaba citada en su casa a las nueve para festejar con una cena el 50 aniversario de Ernesto. Llevaba ya mucho tiempo preparando aquella fiesta, su afán por controlar cualquier mínimo detalle decorativo le hacía planear la decoración con mucha antelación. Era conocido por todos su extremada delicadeza en decorar...

Para la comida, tampoco se preocupó ese día, la tarde anterior lo dejo todo preparado, entrantes fríos reposaban en la nevera y el plato principal, berenjenas rellenas, ya estaba casi listo. En cuanto le oyó marchar, corrió a ponerse el vestido, se miró en el espejo, saco su pintalabios rojo, aquel con el que siempre se sentía segura. Se peinó y salió corriendo con su coche hacia el estudio de Alex, tal vez había escogido el peor día para su encuentro, los nervios de la cena, la hacían estar inquieta. Pero de no ser así, no hubiese encontrado el momento para que él la viese con ese vestido, estaba convencida que viéndola así, sería incapaz de negarle su propuesta. Llegó al estudio diez minutos antes de las seis. Estaba nerviosa, incluso ella misma se sorprendió, al fin y al cabo era una propuesta profesional. A lo largo de su vida no había tenido muchas dificultades por conseguir lo que deseaba profesionalmente, pero claro, esta vez era diferente, dependía de la aprobación de Alex, su aceptación figuraría mantener más contacto con él. Llamó al timbre un par de veces, aprovechó para retocarse el pelo, repasó su vestido... deseaba que la viese perfecta ese día. De pronto, la puerta se abrió de golpe, nadie contestó, solo un timbre estridente...Subió por un antiguo ascensor hasta el ático, tal como le había indicado, dentro, un espejo de cuerpo entero, de nuevo se retocó, al llegar al piso, salió temerosa. A lo lejos de un pasillo estrecho se veía una luz, era Alex esperándola en la puerta, en cuanto la vio pensó que estaba deslumbrante, siempre la veía guapa, pero aquel día le pareció una mujer bellísima. Por educación, le dio un beso en la mejilla, si por él hubiese sido, la hubiera besado en los labios y estrechado contra su pecho. Dejó una distancia prudencial entre ellos, temía que sus deseos le hicieran hacer algo por lo que arrepentirse.

Era la primera vez que Elisabeth visitaba su estudio, cualquier conducta atrevida supondría seguramente no volver a verla más allí. Tan solo se atrevió a expresarle lo guapa que estaba.

—Hola Elisabeth, te sienta muy bien este vestido, te veo muy guapa.

—Muchas gracias. —quiso romper el hielo rápidamente, la tensión de aquel momento para los dos era incomoda, jamás había estado en este edificio. —se apresuró. Creo que todo son oficinas, ¿verdad?

—Sí, estás en lo cierto. —Alex agradeció aquel comentario por parte de ella, la situación también le parecía incomoda.

Era la primera vez que Elisabeth visitaba un estudio de aquellas características. Un espacio abierto, con grandes cristaleras por donde se disfrutaba de unas preciosas vistas del casco antiguo de la ciudad, al fondo una gran mesa repleta de papeles presidía un marco perfecto para la inspiración de cualquier escritor, desde ella se divisaba el mar a lo lejos, tremendamente azul aquel día.

Totalmente libre de paredes, pero repleto de estanterías de suelos a techos con un sinfín de libros y colecciones literarias, le pareció un lugar increíblemente perfecto para su propósito, escribir una novela juntos.

Deseaba con impaciencia proponérselo, pero su prudencia la hizo retroceder.

—¿Todos estos libros son tuyos? —preguntó sorprendida.

—Sí, aquí se encuentran todas mis obras literarias, propias, compradas, prestadas, regaladas…

—¡Pero Alex, todo esto es extraordinario! tienes más libros tú que yo en diez años en Coffee&Books, todavía tendré que preocuparme por si me haces la competencia —bromeó sonriendo seductora.

—Nunca mi estudio sería como tu negocio, por muchos libros que tenga, faltaría lo más importante, faltarías tú. —respondió con franqueza.

Elisabeth bajó la mirada, sintió como se sonrojaba.

—¿Te apetece un café Elisabeth?

—¿Ves cómo podrías hacerme la competencia? —insistió riéndose.

Alex entonces se interesó por sus recientes vacaciones, en el fondo, cualquier pregunta bastaba, tan solo con tenerla a su lado, podía sentir la felicidad absoluta, tenía enfrente a la mujer que le devolvió la inspiración, por la que se acostaba y amanecía con la esperanza de no perderla jamás, deseó que aquella conversación no terminara nunca. Tenía que aprovechar el tiempo, ella le mencionó antes de la cita, la celebración de cumpleaños de su marido, por la que debía regresar a su casa antes de las ocho. Eran las seis y media, aún le quedaba más de una hora para estar junto a ella.

—¿Las vacaciones? Muy bien, gracias, hemos disfrutado toda la familia mucho de estos días, playa, paseos, cenas al aire libre, ya sabes…

—Me alegro, era lo que deseabas en estos momentos.

Elisabeth ya no podía alargar más la espera, deseaba explicarle el motivo por el que aceptó acudir a esa cita… y se lanzó.

—Alex, tú y yo ¿somos amigos, tal vez algo más que amigos, no es cierto?

—Sí, yo también lo creo. —no podía creer que estuviera teniendo esas palabras con ella, no quería precipitarse, esperó que fuera ella quien siguiera…

—He notado que estos días, tus mensajes han sido más escasos, discúlpame, no sé si tengo derecho a… ¿tal vez has estado ocupado?

—Elisabeth, fuiste tú quien me pidió más espacio, sabes que eres mi inspiración, te hubiese enviado decenas de mensajes esos días si tú me hubieras dejado. De hecho sí los escribí, pero nunca los envié.

—¿Escritos, déjame leerlos…? —le pidió con un hilo de voz.

—No, ahora ya no tienen ningún sentido, ya puedo ver tus ojos, fue tu ausencia la que me trasladó a un estado de tristeza, ahora siento que estoy vivo viéndote de nuevo.

—Alex, ¿cómo puedes decir estas cosas? Me siento abrumada por estas declaraciones…, no sé qué decir… ¿o quizás sí? —preguntó convencida.

—¿A qué te refieres, qué quieres decir con quizás sí? —Por un momento imaginó que era una declaración de amor, no sabía si estaba preparado para ello, apenas sus manos se habían juntado alguna vez, de ser así…

—He pensado en nosotros estos días, y quiero proponerte algo…

—¿Proponerme algo? Se desvanecieron todos los deseos que hacía unos segundos había imaginado, comprendió que no sería una declaración de amor. —Dime, cuéntame…

—Te propongo escribir una novela juntos, ¿Qué te parece la idea? Tú eres un buen escritor, en infinidad de mensajes me lo has demostrado, sabes bien que yo jamás he escrito ningún libro, pero sí leído y participado en muchas tertulias literarias, para la publicación no tenemos por qué preocuparnos con mis contactos podríamos…

—Espera, espera, espera… no vayas tan deprisa…

—¡Oh! Lo siento, es que tenía tantas ganas de pedírtelo que me he emocionado al explicártelo.

—¿Quieres que escribamos tú y yo juntos una novela? Pero sabes perfectamente que yo nunca he escrito novelas, te puedo enseñar miles de poemas y rimas, cientos y cientos de reflexiones, algún relato corto, pero…

—¿Y qué importa eso? Tienes muchísima facilidad para escribir, posees un estudio fantástico donde hacerlo realidad, y sí es cierto que yo te inspiro como hace un momento me decías, podemos lograrlo, sería nuestro libro, nuestro proyecto juntos…

—Elisabeth, yo por estar a tu lado, haría lo que fuera, lo sabes perfectamente. De acuerdo, si es eso lo que deseas, hagámoslo, ¡Sí quiero hacer esta novela contigo!

—¿¡Sí... de verdad!? ¡¡Gracias!! No te arrepentirás, estoy convencida de que lo haremos bien, ya lo verás, confía en mí...pero tendrás que tener paciencia conmigo, nunca he escrito para ningún libro.

Alex tuvo que disimular, sentía como sus ojos se humedecían, pero estaba pleno de felicidad, hacía menos de tres días sus poemas eran un canto a la soledad, al desamor, a la tristeza, sus ojos eran entonces el espejo de un hombre solitario, y en un momento, aquella preciosa mujer le hizo sentirse eufórico, ilusionado y locamente enamorado de ella. Rieron juntos, compartieron más de un café imaginando como sería su obra, barajaron posibles títulos, pero ninguno los convenció del todo.

Eran casi las ocho, hora de marcharse, los dos coincidieron en comentar lo rápido que se les había pasado el tiempo. Elisabeth dudó de cómo debía despedirse de él, un beso, dos besos, un abrazo, un adiós nos llamamos...

Alex tuvo la misma sensación, esperó a que fuera ella quien decidiera como terminar esa cita...

—Seguimos en contacto. —le dio dos besos y un suave roce con su mano en el hombro.

En cuanto se fue, Alex recordó el tono distendido de su charla, parecía augurar un clima de amistad duradero en el tiempo.

Tenían más cosas en común de lo que pensaban.

Al cabo de unos veinte minutos recibía un primer mensaje tras su encuentro:

"Que par, tú y yo... puede que no seas consciente, pero sin querer me has transportado a un placer inexistente para mí desde hace mucho tiempo. Confiar en mi proyecto, la admiración que dices… ¿me escuchas Alex?"

"Cuando me hablas, yo te escucho, no solo te oigo, te escucho. Poca gente escucha, porque oírte enamora, tu rostro enamora, pero hay algo más, tú no te das cuenta pero te rodea un aura de luz, que es lo que verdaderamente atrae, como atraen las flores a las abejas, como atrae la luz a los insectos, claro, pueden aparecer moscardones, es lógico, son insectos también. Pero hasta algunas flores tienen la capacidad de cerrarse a voluntad cuando se acerca un moscón, o una avispa asiática. Pero no rechaza la proximidad de un jilguero, o un gorrión, es más, agradece sus cantos. Yo soy un gorrión, canto a las flores, tú eres una flor, necesitas el canto de los gorriones, es por eso que no dejaré de cantar hasta que notara que intentas cerrarte. Si es así, buscaré otra flor, lo difícil va a ser encontrar una tan hermosa como tú. No creo que sea posible. Es posible que enmudezca para siempre".

Fluyeron los mensajes más que nunca, prácticamente todo el día.

Había un proyecto serio de hacer un relato novelado con coherencia y rigor. Elisabeth, se encuentra con una dicotomía de difícil solución, pero su inigualable inventiva y el deseo de alcanzar su sueño hicieron que ideara una estrategia que salvaguardase esa intensa relación y al mismo tiempo no pusiese en riesgo su estatus familiar. Le confiesa a su esposo, que ha conocido a un escritor aficionado, y que le haría mucha ilusión que le ayudase en la intención que ella tenía de escribir unos relatos novelados de su vida.

Ernesto accedió a que se iniciasen unas conversaciones entre el literato y su esposa. De todas formas, para él, era más adecuada la idea de seguir con su actividad de comercio de la librería que sabía que dominaba a la perfección su esposa. Y no a dedicarse a la narrativa como intentaba hacer ella. La coyuntura hacía viable la intención de Elisabeth, no podía haber una negativa radical. Las posiciones de ambos a nivel de pareja parecían estar en jaque. Pensó que era su oportunidad para afianzar sus dos relaciones, con su marido y con su escritor de cabecera.

Ahora la relación con Alex era un asunto profesional, no había tanto temor de que Ernesto descubriese algún mensaje, incluso se producirían encuentros puntuales con el escritor, con el propósito de organizar y estructurar una obra literaria. Poco después, aparece un primer conato de inicio de la novela, una primerísima versión, salida de los pocos datos y de las sensaciones de Alex, no tardará Elisabeth en aportar luz al proyecto, de lo contrario, hubiese llegado a un punto muerto, de difícil continuidad. Enseguida se da cuenta del ingenio y la capacidad de Elisabeth para orquestar un relato verdaderamente increíble, y se volcará de lleno en ese propósito.

Decide escribirle un nuevo escrito:

"Ahora salgo del shock, despierto de esta pesadilla. Ahora empiezo a reaccionar. La verdad es que estoy un poco impactado, sabía que podríamos hacer algo positivo y creativo, pero no esperaba una reacción como esta. Creo que estamos ante un gran proyecto no sé si será bueno o malo para ambos".

Las reuniones de trabajo se fueron produciendo periódicamente, se iban recopilando textos, debatiendo ideas, en definitiva, construyendo y dando forma al proyecto novelístico. Al mismo tiempo, las comunicaciones seguían como siempre, ya no eran como al principio, generalmente se trataba directamente de comentarios estrictamente profesionales, es decir, estaban imbuidos en lo que para ambos era su criatura, su creación. En uno de los mensajes de trabajo, Elisabeth recordó un comentario en una de las reflexiones de Alex, y le preguntó:

—¿Qué quisiste decir con aquello del aura y la luz?

—El aura de luz, no es visible para todos, solo algunos la detectan y casi todos intuyen que hay algo, especial en esas personas.

—En este caso, podríamos titularla: "Aura de mujer" a la novela ¿crees que yo poseo ese aura de la que hablas?

—Sin duda, está ahí y yo puedo verla.

—¿No serán figuraciones tuyas? mira que tú tienes mucha imaginación.

—Bueno, piensa lo que quieras. —le contestó grotescamente.

No le gustó nada a Elisabeth ese tono con que utilizó para responderla. Le indignó.

—Te seré sincera Alex, te agradezco todos tus halagos, tus escritos, tus reflexiones…

Alex estaba a punto de recibir uno de los mazazos más fuertes de su vida.

—Como te digo, voy a ser clara, me siento atraída por el escritor, no por la persona.

Aquello fue un golpe terrible, era consciente de que resultaría imposible recuperarse de ese trance. Durante los siguientes días no hubo ninguna comunicación por parte de él.

La intriga se apoderó de Elisabeth y a los pocos días en un arrebato, visita a su escritor de cámara en su estudio, para comentarle unos detalles de la obra, Alex le ofrece un café, de pronto, entra en pánico, cuando descubre que entre las notas del escritor, hay un sin fin de copias de conversaciones realizadas entre ellos dos, extremadamente íntimas y secretas, subrayadas, rectificadas… Le surge una duda, ¿«cómo he podido confiar mis intimidades»? Inventa una excusa y abandona precipitadamente el estudio del escritor, cogió el manuscrito que Alex había escrito de Aura de Mujer desconociendo que era todo coincidencias, confesiones y mensajes secretos que habían mantenido ellos dos todo ese largo período de tiempo.

Alex, se asoma a la ventana y ve correr a Elisabeth cruzando la calle en busca de un taxi. Este iba a ser el detonante de una inexorable ruptura entre ambos.

La casualidad de aquel día quiso que Ernesto se acercara al centro médico próximo al estudio de Alex. Era visitador médico, desde hacía muchos años mantenía la misma ruta, Elisabeth estaba tranquila sabía perfectamente que nunca pasaría por allí, de haber cambios en su trabajo de se lo hubiera comentado, no tenía duda, siempre se lo decía. Durante todo ese tiempo de contactos con el escritor jamás le confesó a Ernesto que sus encuentros eran en el estudio de Alex, no lo hubiese aceptado, él creía que el literato acudía a Coffee&Books como un cliente más.

Se disponía a estacionar cuando le pareció ver a su mujer por el retrovisor, se fijó y la vio salir corriendo a toda prisa de un portal, creyó ver que llevaba un libro entre sus manos. Bajó del coche e intentó llamar su atención, pero no le vio ni oyó, Elisabeth precipitadamente subió a un taxi, ni tan siquiera pudo saludarla, se desvió por el pasaje sin pasar por enfrente de él.

La llamó varias veces por el teléfono, pero su móvil seguía sin señal una y otra vez…

Ernesto se dirigió a casa tras esa última visita. Se sorprendió al ver luz en el domicilio.

—Elisabeth cariño, ¿ya estás en casa? Te he estado llamando, me pareció verte salir corriendo de un portal esta tarde en…

—¿A mí? —no le dejó terminar… —Imposible, no me he movido de la cafetería en todo el día. He llegado más temprano a casa porque había cosas pendientes que hacer, por ejemplo tender la ropa, repasar baños, ordenar habitaciones, deberías ayudarme más en las tareas, te lo he pedido mil veces.

—Está bien, ya te ayudaré más… pues hubiese jurado que eras tú, además me pareció verte con un libro en la mano, vi como cogías un taxi, te llamé, pero tu…

—¡Basta ya Ernesto! estas totalmente equivocado, sería alguna mujer parecida a mí, ni he salido corriendo de ningún portal, ni era yo quien llevaba ese libro, y por supuesto no he cogido ningún taxi. Voy a ducharme, ¿terminas tú de preparar la cena?

—Sí, no te preocupes. Pero no entiendo porque te pones así. Venga ves, ya termino yo con la cena. Hoy cenaremos tortillas.

Elisabeth se apresuró a ir a su habitación y esconder el libro, pensó en esconderlo dentro de la funda del vestido que Ernesto le había regalado por navidad, difícilmente él lo encontraría.

Mientras Alex, en su estudio mira entre sus papeles y entiende que ella ha visto aquellos documentos comprometedores.

Entiende su reacción. No esperaba esa visita de Elisabeth, no tomó precauciones para evitar ese descalabro. Quién de ellos iba a imaginar que sería la última vez que se verían en mucho tiempo. La desconfianza de Elisabeth era razonable, Alex se había comprometido a deshacerse de cualquier documento o mensaje que pudiese caer en manos de alguien, y que diesen lugar a situaciones insospechadas. Por otra parte, la duda de la veracidad o no de los sentimientos del escritor, se apoderaron de Elisabeth, tal vez era todo una gran mentira, podría haber estado en manos de un psicópata, o un maníaco, o quién sabe qué, ¿por qué no…?

CAPÍTULO 7

Alex dolido por lo sucedido, y la sensación de falta de confianza de Elisabeth hacia él, le escribiría un mensaje, tal vez con la esperanza de que podía haber un arreglo para este desencuentro.

"Querida Elisabeth:

Se ha roto la magia, aquella relación secreta, donde todo y de todo se podía hablar, ahora ya no existe. No cabe duda que cubrir los riesgos estuvo muy bien por tu parte, pero ahora ha desaparecido ese vínculo de encuentro íntimo, la posibilidad de que alguien pudiera leer algo, hace que todo tenga que ser políticamente correcto. Los sentimientos quedan disfrazados, ocultos a los ojos de quien no entendería este tipo de relación, por otra parte absurda. Una larga pausa, e incluso el abandono temporal del proyecto, puede ser la solución a este desaguisado.

Con todo el dolor por mi parte, y por el bien de ambos, me veo en la necesidad de anclar en puerto seguro esta nave, siempre dispuesto a navegar de nuevo, eso sí, pero solo cuando estemos seguros de lo que estamos haciendo, antes no.

He comprendido que desnudar las almas no es buena idea cuando otros ajenos a todo esto pueden malentender el significado de este proyecto.

Quedo a tu entera disposición.

Alex".

Elisabeth le respondió desconcertada:

"No es que desconfíe de ti, pero me asaltan las dudas, me prometiste que te desharías de todo, y veo que no ha sido así. No, te lo tomes a mal. Lo hablaremos".

"Querida:

Cuando le ofrezco mi corazón a alguien, lo ofrezco del todo, incluso para que me lo destrocen. Mejor afrontar esto como seres racionales y civilizados. Lo hablamos en directo. El culpable en todo caso soy yo, lo reconozco y lo asumo".

"Alex, estoy de acuerdo con tu decisión, vuelve a tus letras, te agradezco todos lo que me has hecho sentir, siempre estaré ahí.

Pero yo sí voy a seguir con el proyecto Aura de mujer. Necesito seguir. Cuando termine, será un placer si lo quieres leer.

La línea está abierta para ti.

Gracias por todo".

Ya nunca recibiría contestación a ese mensaje.

Se alegró mucho por la decisión de Elisabeth de seguir con el proyecto Aura de mujer. Le había dicho en más de una ocasión, que no dejaba trabajos sin terminar. Pero esta vez, no cabe duda que el casi lo iba a terminar, pero ella jamás iba a saber cómo finalizaba ese capítulo.

El objetivo había cambiado, ahora aquel proyecto que inició y al que involucró a Elisabeth, se había convertido en hacer nacer a una nueva escritora. No sabíamos si realmente iba a abandonar su obra, lo que sí sabíamos que había un futuro prometedor en manos de ella.

Alex hace una última reflexión, que nunca leería Elisabeth.

"No fue ella, fui yo quien arremetí contra su plácida existencia, fueron mis cañones los que bombardearon sin piedad el impoluto casco de su velero, la marejada se tornó tempestad y tuvimos miedo, mucho miedo, los timones de ambas naves giraban sin control, había una seria amenaza de zozobrar en cualquier momento.

Pero la tenacidad y el pulso marinero, fueron capaces de frenar el desenfreno, paliar la contingencia, hacer frente a una tempestad en la confianza de que después siempre resucita la calma, y esas olas arboladas se convertirían en un remanso de aguas llanas y placenteras.

Fue ella, no fui yo quien acertó a echar el ancla, a encapillar las amarras, en los noráis de un puerto seguro. Te lo cuento a ti, a ti que nunca me abandonas, mi fiel amiga soledad, a ti, y a esta hermosa rubia que calma mi sed de amor. Después de esto siguió, un largo silencio"...

Alex apeló a su faceta racionalista, no podía caer en una etapa depresiva, y mucho menos períodos melancólicos como ya vivió en el pasado.

CAPÍTULO 8

UN LARGO SILENCIO:

El silencio no indica que no haya ruido. El mundo de las ideas utiliza el silencio como escudo protector, para salvaguardar los pensamientos que no deben aflorar.

El silencio es el lenguaje que enmascara los sentimientos, que frena los deseos, que bloquea las estrategias para forjar proyectos que emanan de lo más profundo del alma. Pero el alma es libre, el alma habla, el inconsciente no es manipulable. El mundo de la fantasía nunca está en silencio. Los silencios son incógnitos, son lo más parecido a la magia. Si se interrumpe un silencio, ha de ser para que lo que surja sea mejor que él, de lo contrario, es mejor que triunfe el silencio. El silencio es descanso, es terapia, es la base para que se desarrollen los conceptos racionales. El silencio purifica las almas, protege los corazones heridos, romper el silencio es enfermar. El silencio no destruye al amor, el amor cabalga sobre sus lomos. No hace falta hablar para comunicar la intensidad de un gran amor. El ruido entorpece el mágico mundo de los silencios, de los sueños, de las fantasías. El ruido es enemigo del amor. Ahora hay mucho ruido, voy a viajar al mundo de los silencios, a ver si consigo concentrarme en amar.

Con estas palabras se abrió un paréntesis en la vida de nuestro protagonista en este relato. Pasaron muchos días, el enfado de Elisabeth era más fuerte que su deseo de aclarar las cosas con Alex, por un lado sentía miedo de haber confiado en un hombre que tenía en su poder mucha información sobre ella, ignoraba si fueron algunas o bien todas las conversaciones y confesiones que secretamente mantuvieron ambos, y que había utilizado para recrearse en Aura de Mujer. Temía por su matrimonio, como le explicaría a Ernesto que existía algo más que un contrato profesional entre ellos, pensó que no la creería si le dijese que nunca hubo infidelidad, pero sí una necesidad diaria de contacto verbal a través de mensajes. Calculó cientos y cientos de escritos que ahora Alex mantenía en su poder. No llegaba a imaginar hasta donde quería él llegar. Ese temor la convirtió en una mujer más fuerte todavía, su deseo de terminar Aura la condujo a un estado de plenitud al verse capaz de realizar su sueño, no le necesitaba a él para nada, había aprendido a proyectar su inspiración, a mantener un orden en su estructura literaria, podría escribir Aura de Mujer y lo haría con o sin el consentimiento de Ernesto. Fueron largas semanas, Jamás volvió a tener noticias de Alex, ella tampoco hizo nada por acercarse. Se dedicó a escribir, no por ello abandonó ni su trabajo ni las obligaciones diarias de su casa, no podía permitírselo, Ernesto desconocía sus intenciones de terminar su libro. Le pareció extraño que nunca le preguntara ni se interesara por la relación entre ella y el escritor, pero prefirió no hacer nunca un comentario, temía que la descubriera y verse obligada a contarle la verdad.

El final del verano se acercaba, eso figuraba volver a ver a Alex en el colegio, pensó incluso en cambiar a los niños de escuela, pero no tenía ningún argumento para ello. Tenía que aceptarlo, no tenía ningún derecho a desestabilizar la vida de sus hijos por un error suyo. Lo aceptaba, se propuso desde el primer día, no mirarle a los ojos, tan solo sería correcta con sus saludos al entrar y salir de la escuela, pero para ello aún le quedaba una semana, tiempo suficiente para prepararse para el primer encuentro tras su ruptura.

CAPÍTULO 9

Amaneció lloviendo aquel 8 de septiembre, era un día oscuro, no parecía que el sol quisiera iluminar su cumpleaños. Pero a Elisabeth no le importaba en absoluto, todo lo contrario, desde siempre le habían gustado los días grises y lluviosos, ya desde pequeña se despertaba los fines de semana deseando ver llover, sabía perfectamente que su madre no le dejaría ir al parque, pero eso a ella no le importaba, soñaba con quedarse en casa hasta anochecer para jugar con sus muñecas, recreándose en su fantasía de ser mama para todos aquellos pequeños muñecos bebés.

Desde que tenía uso de razón deseó ser mama, andaba todo el día con su cochecito y su bebé perfectamente vestido, le hacía comprar a su madre hasta ropa de recién nacidos en un conocido centro comercial de la ciudad. Tuvo uno muy especial, todos los días lo sentaba a la mesa a la hora de comer junto a su familia, sus padres lo aceptaban, sabían que negárselo sería un terrible disgusto para ella. Miró por la ventada se cercioró que no hubiese alguna pequeña posibilidad de ver el sol, tan sólo recordaba un par de cumpleaños con lluvia, aquel iba a ser el tercero en sus 45 años. ¡Estupendo! Pensó...Los niños seguían durmiendo, bajó sigilosamente por la escalera, no quería despertarles todavía, ya tendrían tiempo para celebraciones más tarde, pensó que Ernesto estaría ya en la cocina, podía oler el café desde arriba, le apetecía enormemente aquel día, tomarse un café con leche disfrutando a través de la ventana de esa lluvia después de tan caluroso y largo verano.

Al entrar, sé quedó paralizada, allí estaba Ernesto, sentado esperándola. Encima la mesa una caja marrón con un enorme lazo rosa, primero se sorprendió, pero al momento recordó como hacía un par de días le comentó cuanto le gustaría comprarse unos zapatos rojos que vendían justo en la zapatería tocando a Coffee&Books para su cumpleaños.

—¡Oh! ¡Ernesto! ¡Te has acordado!, son los zapatos que te dije ¿verdad? —le sonrió ilusionada.

—No lo sé, ábrelo. —fijamente la observaba.

Con una sonrisa en sus labios, Elisabeth accedió abrir el paquete, dentro de la caja, tremendamente envuelto en papel de seda blanco, se escondía su regalo.

—¿Qué es esto, Ernesto? —le preguntó sorprendida.

—Explícamelo tú. —contestó muy seriamente.

Bajo el papel de seda, el libro fielmente escondido por Elisabeth de Aura de Mujer.

—Pero, ¿qué hace esto aquí? —asombrada le preguntó.

—El problema no es como ha llegado aquí, lo importante es saber porque me has mentido todo este tiempo Elisabeth, yo confíe en ti, y ahora... que debo pensar... fuiste tú quien vi aquella tarde salir de un portal a toda prisa, aquella que llevaba un libro en la mano, eras tú, ¿por qué me mentiste?

—Ernesto, puedo explicártelo todo. Yo...

—No, ya es tarde, ahora no. Has tenido mucho tiempo para explicarme lo que hace tres días pude leer en este libro. ¿Cómo pudiste? ¿Es cierto todo lo que en él se cuenta? Todos aquellos mensajes son tuyos, no lo niegues, té conozco perfectamente, incluso has llegado a mencionarme en algunas de tus confesiones...

—Ernesto, por favor, créeme, Alex y yo escribíamos juntos Aura de Mujer, yo no era consciente de su obsesión en guardar todas nuestras conversaciones, yo sólo...

—Basta ya Elisabeth. —la interrumpió. —¡Por favor! No quiero que le culpes sólo a él cuando has sido tú quien has permitido que se entrometiera en nuestras vidas.

Necesito aclararme.

Me iré unos días fuera, aprovechare temas pendientes de trabajo y me iré ahora mismo en cuanto se levanten los niños, no sé cuántos días estaré fuera...

—No te vayas Ernesto, hablémoslo…

—No, yo ya no tengo nada más que decir —se apresuró a preparar una maleta, demasiado grande pensó Elisabeth si sólo era para unos días, despertó a los niños y sé despidió de ellos sin dar ninguna explicación que les pudiese preocupar .Intento darle un beso, él la rechazó....

Celebró su cumpleaños como pudo, en su cabeza se repetían una y otra vez las palabras de Ernesto, pero tuvo que fingir delante de sus hijos

—Mama, que la lástima que papa haya tenido que marcharse justamente hoy por trabajo.

—Sí, pero no os preocupéis en cuanto regrese lo celebraremos juntos, podríamos pasar un último fin de semana antes de que empiece a refrescar en la playa, ¿Os gustaría?

—Si claro mama, podríamos ir a ese restaurante que tanto te gusta, cerca del Paseo Marítimo

—Buena idea, sí, reservaré mesa en cuanto vuelva papa.

En el fondo sabía que lo celebrarían juntos. Entendía el malestar de Ernesto de a ver sido al contrario ella también se hubiese molestado, y tal vez más .Llevaban veinte años juntos, tiempo suficiente para recapacitar ante lo sucedido. Desde que Alex le entregara su manuscrito, jamás lo había abierto, le hizo tanto daño en su momento, que cualquier acercamiento a él le parecía un signo de cobardía. Ahora era diferente, llevaban más de dos meses sin comunicarse, en todos esos días, se apresuró en terminar de escribirlo, casi había llegado al final, la parte más difícil para ella, no encontraba la manera de terminarlo, andaba hacía días con falta de inspiración, pensó que era por la ilusión de su cumpleaños, desconociendo que aquel día sería el principio de un distanciamiento con su marido.

Era ya media tarde, cuando encontró un momento para ella, la curiosidad aumentaba cada vez más, deseaba leer el libro de Alex, descubrir que era lo que a Ernesto le molestó tanto, hasta entonces no lo había leído nunca. No le pareció tan comprometedor al principio, lo vivido entre ellos dos estaba reflejado en aquellos escritos, pero siempre de manera muy sutil.

Reconoció más de una conversación y muchos mensajes suyos entremedio de la lectura. Comprendió el enfado de Ernesto, algunos de ellos invitaban a pensar que entre Alex y Elisabeth existía mucho más que una relación profesional. De pronto, reflexionó, ahora ya no le parecía tan terrible que guardase todas sus conversaciones, se percató que lo utilizaba para seguir un orden y una inspiración para su proyecto. Deseó ir a verle, y disculparse. De haber sabido que era para ese fin, probablemente no hubieran terminado, y ahora no estaría en esa situación tan desconcertante con Ernesto. Aprovechó la visita de sus hermanos, por su cumpleaños, para escaparse un momento y dirigirse corriendo al estudio de Alex.

Llamó insistentemente al timbre, no contestó nadie, era domingo, las oficinas del mismo bloque se encontraban cerradas, si hubiese podido acceder y llamar directamente a su puerta, recordaba que en muchas ocasiones aquel interfono no funcionaba correctamente, tal vez era lo que estaba sucediendo en ese momento, insistió pero no consiguió nada.

Se disponía a marcharse cuando oyó como alguien llamaba su atención.

—Disculpe, señorita, ¿busca usted a alguien?

Cuando vio al conserje, se le ilumino la mirada.

—Sí, seria usted tan amable de dejarme pasar. Voy al ático, al estudio de Alex.

—Aquel estudio está cerrado ¿está usted interesada en alquilarlo?

—No gracias, ¿sabe dónde ha ido quien vivía antes en él?

Insistió en preguntarle, pero no consiguió ninguna respuesta favorable que le ayudara a entender a donde había ido Alex. No le apetecía regresar a casa, necesitaba aclarar sus ideas, dejo el coche estacionado frente al estudio y anduvo pensativa sin ningún rumbo. Recordaba como el último día no dejó que se explicara, su mente intentaba retroceder en el tiempo y no encontraba ningún indicio que la hiciera pensar que él intentase seducirla como hacía tiempo atrás. Fue un encuentro frio, distante, no encontraba explicación, tal vez necesitaba más de ella pensó. En numerosas ocasiones él le confesaba su deseo de estar con ella, representado en múltiples poemas como la tenía acostumbrada, fueron muchos días los que al despertar tenía en su móvil un mail deseándole los buenos días acompañado de una declaración de amor, incluso directamente en algunas de sus atrevidas conversaciones, algunas de ellas reflejadas en el libro que le entregó, y que ahora quizás suponía el principio de un final con Ernesto.

Eran ya casi las siete de la tarde, debía regresar a casa cuanto antes, no le apetecía dar explicaciones de donde había ido a sus hermanos y menos a sus hijos, sé inventaría alguna excusa relacionada con su negocio, si le preguntaran al fin y al cabo era cierto...

Llegó la esperada noche, ya todos se habían ido, los niños estaban durmiendo y sus hermanos se habían despedido hacía apenas diez minutos. Aquel cumpleaños no fue lo que ella había idealizado. Se acostó y le apeteció volver a leer el libro, le gustó mientras lo leía, recordaba todas y cada una de las secuencias, aquella no era una novela convencional, eran las vivencias de ellos dos desde el primer día que se conocieron. Se emocionó al pensar que tal vez se acordaría de su cumpleaños, no en vano, recordaba como él se lo preguntó una vez, y de ser cierto que almacenaba todos los mensajes debería haberla felicitado. Se sorprendió de sí misma, no pensaba en Ernesto, sino en Alex. Apenas eran las once de la noche, quiso mantenerse despierta por si la felicitaba, esperó incansablemente cerca de su teléfono. Casi eran las doce, cuando miró el despertador por última vez. No pudo evitar dormirse. Lo primero que hizo al abrir los ojos a la mañana siguiente, fue comprobar si en su teléfono había mensajes. Cuatro mensajes parpadeaban en su pantalla. Abrió el teléfono, desesperada y sumamente emocionada, deseaba que fueran de Alex. Tres mensajes eran de Ernesto, no se molestó en abrirlos, decidió hacerlo más tarde. Solo quedaba un mensaje de esperanza, enviado a las 23: 58, incrédula lo abrió, no había ninguna foto de perfil, ni ningún teléfono de contacto, solo un mensaje en mayúsculas…:

"FELIZ CUMPLEAÑOS ELISABETH"

Supo perfectamente que era suyo. Fue una semana lenta y pesada a escasos cinco días para empezar el curso escolar, debía preparar y comprar un sinfín de libros, cuadernos, mochilas, ropa…etc., todo lo necesario que exigía la escuela para el nuevo curso. Quería que pasaran lo más rápidos posibles aquellos días, deseaba que fuera lunes, reencontrarse con él y poder mirar a sus ojos con deseo. Imaginó una y otra vez como seria ese reencuentro.

Hacía ya una semana que Ernesto se fue, hablaron mil veces por teléfono, poco a poco sus conversaciones eran más amenas hasta el punto de decidir volver a casa aquella misma noche, justo antes de empezar la escuela al día siguiente. Entraba por casa como si nada hubiera ocurrido entre ellos dos. Ningún comentario, solo un sentido abrazo. Sonó el despertador a las siete en punto, Elisabeth llevaba levantada desde las cinco, los nervios por ver a Alex no la dejaron casi dormir aquella noche, se miró decenas de veces al espejo, quería estar perfecta para la ocasión, no dudó en ponerse unos altísimos zapatos, un escotado vestido y labios rojos como siempre le gustaba a él. Al llegar al colegio, sintió como más de una mirada sé clavaba en ella, no le importó en absoluto, lo que deseaba era que el la viera. En un principio le pareció extraño, no fue él quien recibía a los niños del colegio sino Susana, seguramente Alex estaría por el vestíbulo, pensó, pero tampoco, acompaño a los niños hasta las nuevas clases, se despidió de ellos, saludó a todos los maestros y padres conocidos.

Volvió hacer una mirada rápida por el vestíbulo, patio...no veía a Alex por ningún sitio.

Se dirigió a secretaria… preguntó por él…

—Hola Elisabeth ¿qué tal las vacaciones?

—Muy bien, gracias ¿Y tú?

—Bien, gracias ya sabes… mucha playa, sol... ¿Necesitas algo?

—Estaba buscando a Alex, ¿sabes dónde puedo encontrarlo?

—No, él ya no esta este curso y no sabemos si volverá para el próximo, a partir de mañana se incorpora Nicolás.

—¡No lo sabía! debo devolverle unos libros que me presto el curso pasado ¿Si pudieses darme su teléfono?

—Sí claro, ningún problema, ahora mismo te lo doy…

Al dárselo, se percató que era el mismo que ella tenía, aquel que en sus últimos intentos nunca pudo contactar.

62

Aquella mañana el sol lucía en la ciudad de Barcelona, a pesar de encontrarnos cerca de las fechas navideñas. Debería hacer frío, era propio de las fechas en que nos encontrábamos, en cambio era un día tirando a caluroso, más propio de una primavera que de un incipiente invierno. Aura de Mujer se presentaba en un conocido congreso literario ese mismo día. Alex se intere5só, tenía la oportunidad de reencontrarse con Elisabeth después de tanto tiempo sin el más mínimo contacto. Al llegar al exclusivo local donde se celebraba el evento cultural, pensó, ¿qué hago aquí?, tal vez hubiese sido mejor quedarme en mi refugio de soledad. La gente me abruma, veo gente que hace tiempo que no veía y tenía ganas de ver, también veo gente a la que no tenía ganas de ver, pero las veo.

En la entrada sobre un trípode, lucía un espectacular letrero, cuidadosamente diseñado para atraer a quien lo viese.

Decía así: "Aura de Mujer" presentación de la novela de Elisabeth Espríu.

No hay nada como tener nombre en el mundo literario, y ésta mujer estaba a punto de ser lanzada al estrellato de la disciplina de las letras. En ocasiones las emociones hacen que los sentimientos hacia una persona cambien inesperadamente. Elisabeth era una mujer extraordinariamente sensitiva, su contacto con Alex fue una curiosa forma de subirse a un tren en el que siempre soñó viajar. Su relación la sumergió en el mundo de la literatura y la narrativa. Los escritos del extraño literato la motivaban a iniciarse en un mundo de fantasías y de sueños. Admiraba el estilo que esgrimía el escritor, y bebió de sus fuentes. Pero no tardó en aflorar su propio e inconfundible estilo, que en seguida se manifestó con una inventiva y una imaginación desbordante. Lo que fue admiración fue tornándose en otro tipo de sentimiento, ese amor por los escritos del viejo trovador empezó a ser un amor por el propio escritor más que por sus escritos.

Sí, estaba convencida, se había enamorado de él. Y sabía de sobras que ese hombre bebía los vientos por ella. Una relación idílica que se truncó por la inestabilidad emocional propia de los artistas, incluso los de medio pelo como él.

La soledad atrae a este tipo de personas, la odian pero les atrae.

Elisabeth sufrió un gran desengaño cuando aquel hombre enamorado de ella eligió el camino de la huida hacia la soledad y el encierro en sus letras y sus libros.

No fue nunca malo con ella, alguna extravagante travesura, pero su corazón era limpio y transparente. Una vez descubrió que Elisabeth era ya una estrella, la dejó volar y se refugió en ¿sabe Dios qué destino? En busca de la inspiración. Su huella quedó grabada a fuego en el corazón de Elisabeth.

Una vez en pleno acto, apareció la joven escritora, que hizo un preámbulo de la presentación de su novela, que incluía los agradecimientos de rigor etc. Enseguida los asistentes empezaron a formar grupúsculos de círculo de opinión, entre uno de esos grupos se encontraba el viejo poeta. La autora de la novela se desplazaba por uno y otro grupo de opinión, intentando descubrir, sin que se notase demasiado, qué impresión había dado su obra entre los entendidos en la materia, era su ópera prima, era lógica su reacción.

Al llegar a un grupo en concreto, un distinguido caballero, la llamó y le dijo:

—Elisabeth, permíteme que te presente a alguien…

Miró a aquel hombre, su mirada se clavó en sus ojos, de pronto vino a su mente como nació todo, fue un deja va, lo mismo que estaba viviendo ella ahora mismo.

—Te presento a Alex Reinado, un buen amigo mío escritor.

Entre tanto el cruce de las miradas de ambos era fijo y penetrante.

—Bueno os dejo, seguro que tenéis cosas que deciros, estoy seguro, sí.

—Gracias Conrado, si seguro… —respondió Alex.

—¿Cómo estás? te veo estupendo ¿Ya no trabajas? Estás un poco más gordito ¿no?

—Sí, ya no hago las maratones diarias en el colegio, ahora practico más el sedentarismo.

—¿Y tú?, ya veo que bien, como siempre, guapísima.

—Alex, ¿qué nos pasó?, ¿Por qué no…?

—Elisabeth, todo fue un compendio de incongruencias.

—¿Todo?— Le miró incrédula esperando una mejor respuesta.

—Bueno, todo no. —respondió sinceramente.

—Creí que llegue a conocerte un poco, pero evidentemente no era así.

—Elisabeth, no… eso sí que no, nunca te mentí. Me ha parecido ver en tu mirada un fenómeno que yo también viví en mi momento ¿Es así?

—Es así, es así Alex. Disculpa, ahora nos vemos, debo atender a toda esta gente. Qué barbaridad, no me lo puedo creer.

—Señores, ¿qué les ha parecido la novela…?

Alex, se quedó traspuesto, pensativo… Tal vez no ha sido buena idea venir hoy aquí, por otra parte, no me lo hubiera perdido por nada del mundo. Esa criatura había nacido de mis entrañas, era como un hijo al que deseaba ver después de perderlo tiempo atrás. Pero sobre todo, quería verla a ella, un buen disfraz hubiese sido eficaz para asistir como espectador, sin ser identificado. Pero hubiese sido un acto de cobardía. No, no, así está bien.

—Alex, Alex… acércate, vamos a tomar un cóctel, para algo hemos venido aquí, ja, ja, ja… —Conrado reía.

—Sí, vamos, vamos… —respondió Alex.

La presentación fue un éxito, había buenas sensaciones, Elisabeth estaba radiante, pero sensiblemente cansada del ajetreo. Los invitados empezaron a abandonar el local. Alex, en una esquina de la barra del bar apuraba una copa, sus palabras con el resto de asistentes al acto, podían contarse con los dedos de una mano. Su mente estaba muy lejos, sus ojos no apartaban su enfoque allá donde Elisabeth se movía por todo el recinto. De vez en cuando echaba una mirada para cerciorarse de que él seguía allí.

Conocía al excéntrico escritor y podía desaparecer en cualquier momento en un arrebato de los suyos. Quedaban ya los últimos rescoldos del cultural acto, y algún que otro pesado, que se resistía a irse de allí.

—Alex todavía no me has dicho que te ha parecido la novela.

—No la he leído Elisabeth, no puedo opinar. Además, no tiene ningún valor mi opinión, no soy crítico.

—Ah, ¿no? —replicó Elisabeth. ¿No entiendes de esto no?

—Pues la verdad, no mucho. Escribir no acredita para criticar la obra de otro. —Recuerdo perfectamente que tú mismo dijiste que cuando entregabas tu corazón, lo hacías del todo, son tus palabras, y que incluso a pesar de que te lo destrozaran. ¿No es así?

—Sí, es cierto.

—Y te has parado a pensar que podrías ser tú quien destrozaras el corazón de otro.

—Elisabeth, no sé dónde quieres llegar.

—De momento a un sitio discreto donde podamos hablar.

—Está bien, tu mandas, hace tiempo que no vengo a la ciudad, no sé…

—No te preocupes encontraremos algo. Yo soy de aquí ¿recuerdas?

Alex agachó la cabeza y pensó para sus adentros, ¿y yo de donde soy… de Málaga?

Pasearon durante una hora por las calles de una preciosa ciudad, la luz de las farolas eran espléndidas, se asemejaban a esos focos del cine que proyectan justo lo que quieren resaltar. Lo que resaltaba más seguía siendo como siempre los ojos de aquella mujer de la que se había enamorado locamente. Pero todo eso formaba parte del pasado, ahora solo podía haber un vínculo profesional, ni eso, Alex ya no estaba activo en tareas literarias. Rara vez escribía uno de aquellos poemas espantosos, para pasar el rato.

—Háblame de Un largo silencio, ¿acabaste esa obra?

—No, todavía no

—Qué raro, ¿tan largo es el silencio?

—Pues sí, ya ves. Creo que es el único trabajo inacabado que he hecho, bueno, hubo otro, como tú sabes, pero lo consideré un regalo para alguien que lo merecía, yo también recibí mi regalo.

—Ah, ¿sí? —deseó besarle en ese momento.

—Sí, hice nacer una estrella. Ahora la veo brillar en ese universo y me siento emocionado.

—¿Por qué abandonaste Aura? —le preguntó mirándole fijamente a los ojos.

—Porque no me pertenecía, habían riesgos y lo que colmó el vaso fue la pérdida de la confianza y la cobardía de tener que sinceramente un día, arriesgarme a perder el soplo de vida que había sentido en esos hermosos días.

—Lo hubiese entendido Alex, podríamos haber hecho juntos muchas cosas.

—Es posible, pero yo era consciente de mi compleja personalidad. Es muy difícil interactuar con una persona como yo. Además había otro impedimento, no se debe mezclar el trabajo con el amor, y estuve muy colado.

—Estuviste… ¿ya no?

—El tiempo y la distancia dicen que borran los sentimientos.

—¿Cuándo nos volveremos a ver?

—No lo sé, por cierto, ¿cómo están los niños?

—Bien, bien. —contestó sin entender el porqué de esa pregunta.

—¿Y Ernesto, qué tal? —se arrepintió de hacer aquella pregunta, quiso remediarlo. —Bueno mira, podemos quedar un día y charlar un rato de nuestras cosas.

—Está bien, sí. ¿Pero es verdad que ya no escribes?

—No. Ja, ja, ja. —rio guiñándole un ojo.

—Lo sabía, ¿qué estás escribiendo ahora?

—Pues… Un largo silencio, te he dicho que no está terminado.

—Sí, me lo has dicho, pero no me has dicho que estabas en ello.

La noche se adueñó del ambiente, las horas parecían minutos, no había sensación de que ninguno de los dos mostrase signos de querer finalizar el reencuentro.

—Podríamos ir a cenar algo, ¿no te parece?

Elisabeth, tenía todavía en su mente la azarosa tarde de la presentación de su obra. Pero ahora no parecía cansada, para Alex, el tiempo no existía, no era consciente del paso de las horas.

—Sí, es una buena idea. —asentó Elisabeth. Conozco un sitio, te llevaré a un singular restaurante en el barrio de Les Corts ¿Te apetece?

—Claro que sí, vamos.

—Alex, ¿imaginabas que hoy ibas a cenar conmigo? Estaremos bien, me contaras, te contaré y nos reiremos.

Para Alex, se habían abierto de nuevo las puertas del cielo, no cabía en sí mismo, aquella Elisabeth era la que él conoció tiempo atrás, todo temperamento, imprevisible, sorpresiva y sobretodo alegre. Su actitud había cambiado, parecía haber olvidado lo sucedido horas antes, ya no había tono de reproche, no parecía tener dudas sobre lo que estaba haciendo. Alex por su parte, estaba en una nube, todo aquello podía cambiar si metía la pata y hacía resucitar el desencanto que los llevó a distanciarse tiempo atrás. Ambos reían… parecían sentirse felices. Nada podía romper ese momento mágico.

CAPITULO 11

No sé si recuerdas que una vez te conté que había tenido una de esas experiencias cercanas a la muerte. Pues bien, mi vida dio un giro impensable. Mira Elisabeth cuando nos miramos en un espejo, en realidad no nos vemos, intentamos detectar como nos ven los demás, si notamos algo que no nos gusta tratamos de corregirlo u ocultarlo de alguna manera. Cuando tuve la experiencia, me vi como en un espejo, mi mente se separó de mi cuerpo, y me vi tal como era en realidad, un saco de huesos recubierto de carnes, todo ello viejo y dolorido. Pero no necesitaba eso para seguir viviendo, mi mente estaba viva y no necesitaba un cuerpo. El alma habita en la mente y ésta es inmortal. Todos aquellos que han tenido este tipo de experiencias, pierden el miedo a la muerte, incluso muchos la cambian de nombre y la llaman tránsito. Sí, hay otra vida, pero distinta, fuera de la física y de la química. Es una vida espiritual.
Me puedes decir ahora, que soy un lunático, un pirado, no es una novedad. Es por eso que estas cosas no se explican a cualquiera. Lo primero que cambias son las prioridades, el viejo proverbio de salud, dinero y amor, cambia de sentido. La salud es fundamental, no cabe duda, si no hay salud, la vida empieza a ser un infierno.
El dinero sirve para conseguir lo indispensable para la supervivencia en zonas donde no puedes buscar los recursos

fácilmente, por ejemplo en una ciudad, si no hubiese tiendas para comprar alimentos ni dinero para ello, nos mataríamos para comernos unos a los otros, existiría el canibalismo. El dinero es un producto que se gana con el trabajo o se obtiene de cualquier otra forma, incluso se compra dinero, los bancos venden dinero y cobran sus cosechas con dinero. El dinero puede paliar las faltas que encontramos al mirarnos en el espejo. Podemos invertir en belleza, en perfumes que disfracen nuestra verdadera esencia. Pero el dinero de nada sirve en el mundo espiritual, no hace falta, las almas solo se alimentan de sentimientos, los cuerpos no existen. Nos queda el amor

—¿Qué pasa con el amor…?

El amor no desaparece Elisabeth, el amor es un sentimiento, vive en el alma. El corazón deja de latir se para todo el sistema, pero el alma sigue viva. En la introducción, se señalaba que el autor se concentraba en el silencio para poder amar. Ahora me puedes pedir que justifique esto y no podrá ser, tendrás que conformarte con mi palabra de honor.

—No, Alex, no te iba a pedir nada, solo que es difícil de creer en estas cosas ¿no?

—Sí reconozco que es difícil. También te digo que somos muy pequeños, pero queremos aparentar que somos muy grandes.

Elisabeth se encontraba muy emocionada, no sabía si reír o llorar, hay sentimientos que son difíciles de asimilar y la mente no es capaz de manifestar determinados sentimientos.

—¿Qué soy Alex, para ti?

—Eres… mi amiga del alma. ¿Qué te parece?, ¿te parece poco?

—Pues indudablemente sí. —protestó cómicamente.

—Pero bueno, esto parece una entrevista, yo quiero que sea un diálogo, quiero que me hables tu Elisabeth, quiero escucharte…

—Sí, está bien, tienes razón Alex… una última pregunta, ¿tú crees en el amor?

Como no, claro que creo, porque hemos quedado que el amor habita en el alma. Pero el amor según los expertos, es un estado de enajenación transitorio, es una patología, el amor duele, el amor mata. En realidad creo en el contacto de las almas. Creo en los seres de luz, creo en lo que veo, creo en las auras, creo en un Aura de mujer. Quien carece de alma, es un desalmado, será pues incapaz de amar.

—Ahora me toca a mí, Elisabeth, ¿en qué crees tú?

—En ti, creo en ti. —sus ojos se clavaron en ella.

—Elisabeth, estamos hablando en serio, ¿qué dices?

—Yo nunca he hablado más en serio Alex.

—En un examen, ahora pondría: justifique la respuesta. Lo ves hay que justificar, pero yo no necesito esa justificación, me basta tu palabra.

—Ahora creo en ti, reconozco que hubo un tiempo en que dude. Pero ¿sabes? tu despedida y mis dudas me dieron fuerzas para terminar mi novela, si digo bien, mi novela, Aura de Mujer.

Ahora, te oigo hablar y entiendo porque dejaste Aura, en el fondo eres un solitario en tus letras...y me gusta, no son reproches...Por eso creo en ti, porque muchas de tus reflexiones son tu vida, tu pasado, presente y futuro... bueno, no sé si te contesto con esto, pero me empujaste por un precipicio, tuve que luchar para no hacerme daño.

—Comprendo que te dejé en una situación comprometida, pero ahora hasta tú me lo has hecho ver claro, es cierto, soy un solitario. Siempre me he sentido solo y me acostumbré a la soledad. Tal vez esa soledad, me ha conducido al egoísmo, no quiero compartir con nadie mis sentimientos. Todavía me pregunto por qué lo hice contigo. Ahora dudo si fui yo o fuiste tú quien buscaba la luz, buscaba un cómplice a sabiendas que tanto tu como yo somos lobos solitarios.

Aquella noche, podía acabar de cualquier forma, pero acabó con una simple despedida, eso sí, con un compromiso firme de volverse a ver. El cuándo y cómo, quedó en el aire.

Elisabeth regresó a su domicilio, con un sabor agridulce, y con una carga emocional enorme. Alex por su lado, volvió a su refugio de soledad, lo que un día fue una dosis de energía cada vez que la tenía cerca, ahora era un puñal que retorcía sus entrañas. Ambos podían ponerse en contacto en cualquier momento, solo había que teclear un mensaje en un dispositivo para comunicarse en el acto. Pero, ¿quién rompería el largo silencio? Elisabeth respetaba la necesidad de su soledad. Él por su parte no se atrevía a despertar un fuego que nunca quedó apagado. Sus reflexiones cargadas de sensatez, contrastaban con la inseguridad interna que le atenazaba.

—Este dolor me va a matar.

Alex toma una decisión, escribir a Elisabeth y contarle una intimidad, como en otro tiempo, tal vez quería averiguar si todo podía ser como antes:

"He tomado la decisión de escribirte de nuevo, sin saber si tú realmente deseabas que lo hiciese. Si no es así, te ruegos me lo hagas saber, para interrumpir esta nueva locura. El caso es quería hablarte de un tema fundamental para cualquier ser humano. Se trata del tan manido tema de la plenitud sexual en el ámbito personal. En ocasiones tenemos dudas en nuestra orientación sexual, esto no lo tenemos en cuenta y a veces se convierten en verdaderas patologías. Pero antes he de hacerte saber la verdadera razón que nos llevó a este largo silencio. Por un lado estabas tú, con tus inquietudes, tus traumas, tus ilusiones y sobre todo con tus hijos y tu familia, es algo que siempre hemos respetado. Hay quien puede pensar lo contrario, pero no es verdad. Por otra parte estaba yo con mi larga vida ya hecha a los avatares propios de unas absurdas promesas hechas cuando casi no teníamos uso de razón. Pero cuando ya tenemos unos años y nos quedan pocos cartuchos en la canana, nos replanteamos qué queremos hacer con nuestra vida. Sabemos ahora lo que nos gusta, y sobre todo quien nos gusta. Por otra parte, no siempre se puede hacer lo que uno desea, las responsabilidades de todo tipo nos tienen encadenados a nuestros compromisos y nuestro honor. Pero llegó ese momento en que tuve a mi alcance conseguir mi libertad, mi vida, mis sueños, mi verdadero yo. Y lo hice, la independencia ha de ser plena, no puede estar hipotecada por nuevas cadenas. La sensación de libertad es el mayor tesoro del ser humano, es egoísmo pero es así. Lo que no es posible es huir del amor, es un sentimiento superior a la libertad, se puede esquivar, se puede intentar olvidar, pero es incombustible, no muere. Pasado el tiempo y cauterizadas ya las cicatrices es hora de que te diga que mi corazón sigue teniendo la misma dueña, mi alma no puede unirse a otra alma que no sea la tuya. Que no he querido ni he sabido ver en tus ojos esta vez cuál es nuestro futuro, ni siquiera puedo saber cuál es nuestro presente. Mi amante verdadera, siempre fue como tú misma bien dijiste mi pasión por las letras. Pero también soy hombre y mis ansias de amar a una mujer, acaban por amarte a ti, o a nadie.

Recibe un gran abrazo"

Tras esta carta de despedida Elisabeth comprendió que no iban a volver a verse nunca más. El poeta estaba enamorado de sus letras, lo sabía, pero no imaginaba hasta qué punto. Es posible renunciar a un gran amor por el arte literario, parecía incomprensible, pero así parecía ser. Elisabeth respetaba a Alex, al fin y al cabo era su mentor, su maestro en la narrativa y su guía en sus caídas de inspiración. Independientemente de su otra relación, que por otra parte, no estaba nada clara. Tomando fuerzan de donde ya casi no quedaban Elisabeth retomó su vida, enriquecida por su éxito como novelista, y no paró de escribir, del final de una novela, sacaba el principio de otra, tal como aprendió de Alex. Cada vez su inventiva era mayor, ya de por sí era rica, pero la influencia de su mentor y colaborador le dieron alas para volar por el mundo de las fantasías y de las ficciones. Recordó aquella vez en que él le dio una lección magistral, a pesar de estar avisada, cayó en la trampa que le preparó Alex cuidadosamente orquestada para que fuese infalible… le había retado a demostrarle que era un actor, y que podía interpretar cualquier papel, pero Elisabeth era inteligente, no era fácil engañarla con argumentos que no se sostuviesen con firmeza. Aquella lección le costó un enfado, un disgusto que casi le hace caer en un bloqueo de inspiración. Pero ahí estaba Alex para rescatarla y la rescató, vaya si la rescató. Ahora, cualquier bajón iba a ser un reto en solitario para ella. Pero también era más fuerte y tenía autoconfianza, eso la sacaría de los contratiempos.

—¿Dónde estaría? —cuántas veces se hacía esta pregunta, por qué se ha ido de mi vida, y por qué le deje escapar…

Su recuerdo era diario, era como aquellas personas que ya no están en nuestro mundo y en cambio las recordamos cada día.

Elisabeth, además de escribir sin descanso, seguía su vida cotidiana, atendía a su familia, a sus hijos, no había perdido el gusto por las cosas, seguía cocinado con una destreza increíble, sus recetas y sus platos eran propios de cualquier chef de restaurante, su casa era un templo de decoraciones exclusivas como siempre y era feliz, muy feliz. Pero no había día en que no se acordará de aquel hombre que la hizo vivir una nueva realidad, especialmente cuando se encontraba en un bajón que así llamaba él la falta de inspiración o el bloqueo mental. Recordaba sus palabras, estaban grabadas en su memoria, "aunque no me veas yo estoy contigo" y parecía ser cierto, estaba con ella, cómo si no podía salir adelante en sus luchas internas con los demonios que quieren destruir los sentimientos de los que salen los argumentos de los trabajos novelísticos Sí, no estaba sola, y pensaba si Alex también la recordaba para no sentirse solo donde quiera que estuviese.

La vida nos proporciona grandes alegrías, pero a veces nos castiga con verdadera crueldad. Sin un apoyo moral es difícil seguir con paso firme. La innata fortaleza de Elisabeth más las cruentas trampas de todo tipo, la hicieron fortalecerse más si cabe, tanto que no había fronteras insalvables para ella.

.

CAPITULO 12

—¿Ana? ¿¡Ana Hernández!?

—¿Elisabeth? ¿! Escuela Arpi!? —respondió sorprendida.

—¡Sí! ¡Cuánto tiempo!

—¿Veinticinco… treinta años?

—¡Por lo menos!... ¡No existe ni nuestra escuela! creo que ahora es un gimnasio puntualizó Ana riéndose, y recordando...

—Y Crycel ¿Recuerdas Crycel? ¿Cómo todas las tardes nos comprábamos chuches en aquella pequeñísima tienda?

—Como voy a olvidarlo, creo que no hubo día que no cruzara por esa puerta.

—¿Y de la señorita Paquita? —Elisabeth no podía parar de reír, era una mujer tremendamente autoritaria para lo bajita y delgadísima señora que era. ¿Recuerdas?

—¡Claro que me acuerdo! Todo ex alumno no concibe Arpi sin la señorita Paquita.

—¿Y tú Elisabeth? ¿Cómo estás?... ¿Te casaste?... ¿Tienes hijos?...

—Sí, me casé hace ya veinticinco años, tuve a dos hijos, Laia y Pau, ahora ya son mayores, apenas les veo entrar por casa, pero son unos chicos estupendos. Y éste es mi otro hijo....

Coffee&Books, este verano ya será mayor de edad. —se le escapó una carcajada, por cómo le había presentado su negocio.

—¿En serio, todo esto es tuyo? —preguntó Ana emocionada.

—Me parece una maravilla de local, si he de ser sincera, no tenía ninguna intención de tomar ningún café, y menos aún de comprar ningún libro, no llevo dinero encima, pero me pareció tan atrayente y especial desde fuera que no he dudado en entrar. ¿Dieciocho años dices?

—Sí, Justo este verano hará dieciocho años, he tenido buenos y malos momentos, como todos los negocios, mi marido, Ernesto es visitador médico, y yo sola me he hecho cargo de este negocio todos estos años. No me arrepiento en absoluto, pero ahora con el tiempo, empiezo a sentirme un poco agotada, por un lado está la cafetería, diariamente servimos una gran variedad de cafés y tés con una gran selección de bollería, pasteles, pastas y mini bocadillos salados... Y por otro, disponemos de una grandísima colección sin par de obras literarias, todos estos años me he preocupado de que así fuera, aquí encontraras todas las novedades literarias del momento. Todo ello requiere de muchísima dedicación y constancia, pero es que yo soy así... En la escuela era igual, no había trabajo que entregara exento de títulos subrayados perfectamente coordinados en colores, dibujos... etc.

—Como no recordarlo. —le sonrió y recordó anecdóticamente alguno de los trabajos conjuntos que realizaron juntas. ..

—¿Y tú Ana? Cuéntame...

—Yo también me casé, pero no tuve tanta suerte como tú, a los diez años me separe. No tengo hijos, lo decidí en su momento y no me arrepiento, ya de niña soñaba en viajar y recorrer cientos de lugares por el mundo, de tener hijos no hubiese podido realizar mi sueño. Una familia requiere una estabilidad y yo en cambio no la deseaba. He vivido en muchas ciudades y he conocido infinidad de gente y culturas a lo largo de todos estos años. Después de veintiocho años, he decidido volver a Barcelona, y esta vez para quedarme definitivamente....

—Ven, siéntate Ana, tú que has viajado tanto apreciaras este delicado y apasionado té Masala indio acompañado de unos dulces Varanasi. Y déjame presentarte a mis ayudantes, Sonia y Ferrán, sin ellos todo esto no sería posible. Trabajan conmigo desde los comienzos en Coffee&Books. Sonia es sin duda una magnífica pastelera, sin ella no podríamos ofrecer toda esta variedad de placeres… toma, prueba un dulce, me atrevería a decir que jamás has probado nunca una Pasta Varanasi como esta...

—Delicioso Sonia.—respondió Ana, recordando sus vivencias en India, allí conoció a un hombre por el que estuvo a punto de colgar sus maletas… pero no lo hizo, en algún momento de su vida llegó a arrepentirse por ello...

—Podría afirmar con toda seguridad, que estas Varanasi son las mejores que he probado jamás. Exquisitas Sonia.

—Y aquí está Ferrán sin él nuestro negocio no hubiese sido recientemente reconocido como la mejor cafetería en servir la mayor variedad de cafés, todos ellos molidos diariamente en Coffee&Books. También nos acompaña, Lorena, aficionada a la lectura y especializada en preparar todos los jueves a las siete en punto de la tarde, las tertulias literarias que ofrecemos a nuestros clientes con muchísimo cariño y conocimiento de la obra a tratar. Ana, mañana, ¿Te apetecería compartir una tarde de tertulia con nosotros?

—¡Claro que sí, Elisabeth!, será un placer… Fueron varias las tertulias en que se añadió Ana. Se aficionó a ellas sin tener conocimiento del bienestar que le producían. Su motivación por la lectura fue creciendo a una velocidad vertiginosa.

—Ana, la próxima semana haremos la tertulia sobre el libro Aura de Mujer. ¿Lo has leído? ¿Quieres que te lo regale?

—He oído hablar muy bien de este libro, tendré que leérmelo si quiero participar. Pero no hace falta que me lo regales Elisabeth, ya lo compraré yo... ¿Conoces a su autora? Creo que es su primer libro, lo vi en un reportaje de una revista.

—Sí, es su primer libro y también conozco a su autora, soy yo Ana, yo he escrito Aura de Mujer.

—¿Tú? ¿Porque no me lo dijiste antes? Perdona mi ignorancia, hace poco que estoy metida en este maravilloso mundo de letras.

-No, por favor, soy yo quien debe disculparse, te lo tenía que haber dicho antes.

—Pero, ¿es tu primer libro? —Ana estaba asombrada, desconocía esa faceta de Elisabeth. —¿Quién te empujo en esta aventura, tu marido?

—No, Ernesto, no, fue Alex, quien me dio la valentía para hacerlo, tuve la suerte de conocerle a través de la escuela de mis hijos. Alex es, mejor dicho, era un reconocido y consolidado escritor, su especialidad era la poesía. Recuerdo como con tan solo una palabra, una sonrisa, una mirada, era capaz de escribir un poema maravilloso. Tenía una innata e inteligentísima capacidad reflexiva. Sus reflexiones filosóficas eran tremendamente espectaculares. Sus escritos eran el reflejo de su inspiración.

—¿Sigues manteniendo contacto con él? ¿Tal vez le gustaría participar en la tertulia de tu libro?

—No, se fue antes de terminar yo Aura de Mujer. Creo que dejó de escribir, no lo sé.

—¿Y por qué dejó de escribir? ¿No sentía inspiración?

Elisabeth se quedó pensativa, levantó su mirada y clavando sus ojos en Ana, le respondió con toda sinceridad.

—Era yo su inspiración, hasta que todo terminó. Voy a preparar un café largo para las dos, lo necesitaremos.

Ana, estaba muy sorprendida por la declaración de Elisabeth.

—Te prepararé un café autentico Americano, poco, pero excelente café y mucha agua, como a ti te gusta.

Mientras preparaba el café, Elisabeth recordó cuánto Alex, le hizo sentir....

En toda la conversación con Ana no faltaron detalles y sentimientos hacia Alex. Se sintió liberada. Muchos años hacía ya desde aquel cruce de miradas en el vestíbulo de la escuela, sin poder compartir sus inquietudes con nadie.

Diariamente solía hablar con mucha gente en su negocio, pero fue el cariño de Ana quien le permitió abrir su corazón. Fueron muchos los días en que tomaban juntas un café, en uno de ellos Ana se lanzó, llevaba tiempo dando vueltas a su futuro.

—Elisabeth, quiero comprar tu negocio.

—¿¡Cómo!? —exclamó sorprendida.

—En más de una ocasión me has comentado lo feliz que serias escribiendo solo novelas, pero que tu negocio no te lo permitía, lo hiciste una vez, pero ahora sería diferente. Te falta Alex para dar ese empujón, lo sé, pero ahora estoy yo Elisabeth, si tu aceptas mi propuesta tendrías la libertad de hacerlo realidad, podrías escribir sin estar pendiente de Coffee&Books, tus hijos ya son mayores, no requieren de ti, piénsalo sería una nueva etapa en tu vida. Yo por mi parte respetaría la esencia del local, los clientes no notarían ningún cambio, en absoluto, me apasiona este local, así, sin más.....

—La verdad, es que suena muy bien, en tan solo un mes hará 18 años que regento este maravilloso, aunque agotador negocio, y tal vez va siendo hora de relajarme. Pero.... Todavía no puedo contestarte.

—¡Por supuesto! tómate el tiempo que necesites, después de tantos años, es normal que tengas dudas.

84

CAPITULO 13

Cientos de recuerdos de Coffee&Books en su mente. Fue ella quien ilusionó a Ernesto apenas tres meses de casados, para abrir este apasionado y gratificante negocio. Fueron días de muchísima ilusión, se encargó exclusivamente de toda la decoración, su admiración hacia las letras hicieron de ese local un Paraíso literario, era su sueño y consiguió hacerlo realidad. Sus comienzos fueron difíciles, incluso en algún momento Ernesto le planteó abandonarlo, requería de mucha inversión. Pero Elisabeth no se rendía nunca, incluso llegó a pedir algún préstamo, sabía que tarde o temprano, más temprano que tarde, Coffee&Books daría beneficios. Y así fue, tuvo la suerte de conocer a Lorena, ella la introdujo en las tertulias literarias, fácilmente podía reunir a más de cuarenta personas en una tertulia. Aquello fue un empujón para Coffee&Books.

El nacimiento de sus hijos no fue ningún obstáculo, contaba entonces con la ayuda de sus suegros, y de mayores recordaba cómo les leía apasionados libros de aventuras saboreando dulces horneados al momento. Magdalenas Browni con virutas de caramelo las preferidas de Laia y ensaimadas rellenas de un suave y dulce Cabello de Ángel, las preferidas de Pau. Tuvo la suerte de conocer a muchos escritores, en una caja pintada a mano por sus hijos, guardaba cariñosamente todas las dedicatorias que recibió en todos esos años, todas ellas llenas de admiración hacía ella, y como no hacía Coffee&Books. De pronto, se acordó de Alex, parecía que fuera ayer cuando lo vio entrar por primera vez por la puerta, al principio eran visitas esporádicas pero con el tiempo su presencia fue habitual. Un café largo, incluso dos y tres en una tarde. Bromeaba con que su inspiración era nocturna, y necesitaba el café para acompañar a las estrellas. Y era cierto, noches en vela escribiendo daban como resultado poemas y reflexiones que cada día al amanecer le enviaba, no sin antes desearle los buenos días. Pero eso fue al principio, más tarde todo cambió, ya no se acercaba a la cafetería a tomar ningún café como la tenía acostumbrada. Aunque le hubiese gustado terminar de otro modo, siempre le estaría agradecida, gracias a él, Aura de Mujer, escrita íntegramente por ella lucía en las estanterías de su querido negocio. Se ilusionó con la venta de Coffee&Books, deseaba compartirlo con Ernesto, para ello, no dudó en preparar una exquisita cena, tardó más de dos horas cocinando para que todo saliese perfecto. No recibió ningún halago por ello, pero no quiso reprocharle nada, no era el momento.

—¿Te apetece vino para acompañar la cena? Tengo algo importante que contarte...

—Cuando empiezas así me das miedo. Dime venga… y sí ponme un vino, prefiero blanco.

—Me han ofrecido vender Coffee&Books.

—¿Venderlo? Supongo que ya has dicho que no...

—Lo estoy pensando, hace ya unos días que me lo propusieron…

—Pero ¿Y quién te lo ha propuesto, algún cliente?

—No, ha sido Ana, solo sería un cambio de propietarios.

—¿Solo?... ¿Te parece poco después de tantos años?... Hemos luchado…

—Hemos no, Ernesto… he luchado dirás.

—No sé ni por qué te estás planteando tal barbaridad, Laia y Pau son ya mayores, es ahora cuando podrás disfrutar de nuestro negocio… ¿Y los empleados? ¿¡También estás pensando en despedirles!?

—No grites Ernesto, estamos hablando...

—Grito porque me parece que solo piensas en ti...

—¡No es cierto! Ferrán, Sonia y Lorena seguirán trabajando con las mismas condiciones que hasta ahora, la esencia de la cafetería incluida su decoración se mantendrá intacta, los clientes no notarán nada en absoluto.

—¿Y has pensado que harás si decidimos venderlo?

—Sí, quiero escribir otro libro, se llamará "Detrás del silencio" ¿Té gusta el título?

—Elisabeth… ¡Me sorprendes! ¿De verdad vas a vender Coffee&Books, para escribir un libro? ¡¡Es totalmente absurdo!!

—Un libro no, muchos libros, quiero ser escritora, dedicarme a ello y disfrutar haciéndolo y para ello necesito deshacerme del negocio. Piénsalo Ernesto, tengo la oportunidad de hacerlo...

—¡No! Mi respuesta es un ¡No! Es mucho dinero y tiempo allí invertido, no pienso venderlo por el capricho de escribir unos libros, te recuerdo que escribiste Aura de Mujer y demás libros, sin ningún problema. Haz ahora lo mismo, escribe si tú quieres pero Coffee&Books, no se vende.

—¿Qué escribí sin ningún problema? Claro, acostándome a las dos de la madrugada después de pasar más de diez horas seguidas en la cafetería y levantándome cada día antes de las seis de la mañana. ¿A eso le llamas escribir sin problemas?

—Lo que no entiendo es por qué piensas en escribir de nuevo, Elisabeth. ¿Es que vuelves a verte con Alex? Últimamente estás muy distante, tienes la cabeza en otro lugar, si estás viéndote con él, preferiría que me lo dijeras, y no encontrarme vuestra historia escrita en un libro como la pasada vez, te lo agradecería.

¿Entonces? ¿Es por él que quieres volver a escribir, verdad?

—Estás poniéndote muy desagradable. No es verdad que me esté viendo con Alex, él no tiene nada que ver con mi decisión de escribir nuevos libros. Te recuerdo que el negocio va solo a mi nombre, quería compartir mis dudas contigo, pero veo que es imposible así que seré yo sola quien decida.

Le bastó esa riña para cerciorarse que Ernesto no la apoyaría en su decisión de escribir nuevamente. Se autoafirmó que era ella quien debía decidir si vender Coffee&Books, o no. La cena terminó sin mediar palabra, ni un gesto, ni una mirada, solo silencio, el necesario para aceptar la venta de su querido pero ya finalizado negocio. Aquella decisión marcó un punto y aparte en su matrimonio.

CAPITULO 14

—Y por último, firme aquí, señorita Ana Valls. Es usted la nueva propietaria de Coffee&Books, enhorabuena.

El notario la miró sin dejar de sonreírle. Desde días atrás era habitual verle por la cafetería. Ana intuyó que no sería la última vez que se verían, le parecía un hombre muy agradable y atractivo.

—Bien, señor Alarcón, si le apetece un café, será para mí un placer invitarle.

—Muchas gracias, acepto la invitación con mucho gusto y por favor puede llamarme por mi nombre, Ramón.

—Estupendo Ramón, lo mismo digo, dejemos las formalidades para otros clientes ¿Te apetece venir ahora?

Ana siempre había sido una mujer directa, con los años se agudizo esa personalidad. Parecía haber nacido entre ellos algo más que una simple amistad…

Treinta días faltaban para festejar el aniversario de Coffee&Books. Aun habiéndose formalizado la venta quiso encargarse Elisabeth personalmente de los preparativos, había acordado con Ana respetarle esa ilusión. Sabía que se merecía un trato especial. Más de doscientas invitaciones escritas a mano por ella misma, daban la bienvenida a multitud de escritores, productores, apasionados de la lectura y como no a muchísimos clientes que cada día compartían un ratito de su tiempo saboreando un buen café entre miles de libros, todos ellos escogidos con sumo cariño durante aquellos dieciocho años.

Se encargó de mandarlas, todas ellas personalizadas individualmente. Decidió escribirlas a mano, sabía que apreciarían aquel detalle, recordó como en una de sus muchas tertulias agradecieron este detalle al ser invitados a ella. Sabía perfectamente que tras la fiesta, empezaría una nueva vida para ella, estaba ilusionadísima con la idea de poder escribir desde casa sin ninguna presión ni responsabilidad. Para ello decidió reformar la habitación de los juguetes, no tenía ningún sentido mantenerla, ahora iba a ser su refugio, su nido de inspiración, su felicidad.

—¿Qué te parece, Ernesto? Estoy dudando si pintar las paredes en un tono rosa suave, O bien empapelar con finos estampados florales....

—Haz lo que quieras, Elisabeth, no sé por qué me pides opinión, sabes perfectamente que acabarás haciendo lo que te dé la gana, como la venta de la cafetería, píntala rosa, blanca, roja, me da igual...

—¡Hace ya más de tres meses de la venta! ¿Y sigues enfadado conmigo? Todavía no has aceptado ni respetado mi decisión… creo que lo mejor sería darnos un tiempo… y tal vez eso te ayude a aceptar y apoyar mi futuro profesional.

—¡Estupendo! Por una vez estamos de acuerdo, no te preocupes mañana mismo me iré de esta casa, también yo necesito mi espacio. Elisabeth no sé pronunció, dejó que las últimas palabras fueran las de él.

Llegó el día de la celebración, 13 de Julio, en su momento decidió que el número 13 le daría suerte para la inauguración, a lo largo de su vida no fueron pocos los acontecimientos positivos relacionados siempre con el número trece, una vez más no se equivocó, los 18 años de Coffee&Books así lo confirmaban. Ana y Elisabeth decidieron tomarse un café tranquilamente antes de abrir las puertas a los clientes, querían tener su momento.

Gozar de la plenitud que les aportaba aquellas paredes que tantas vivencias habían disfrutado. Aprovecharon para intercambiar diferentes sensaciones, Ana por su incipiente ilusión por un nuevo negocio Y Elisabeth por el recuerdo de todos los acontecimientos allí vividos.

—¿Qué te parece Elisabeth? ¿Abrimos ya? me parece que hay gente esperando...

—Tú mandas Ana.

Sus miradas reflejaban una absoluta felicidad, ambas se sentían satisfechas del resultado. Coffee&Books lucia esplendoroso aquel día, todo estaba preparado para una gran celebración.

—Espera Ana, creo que hoy sería un buen día para presentarte a mis queridos amigos escritores como la nueva propietaria, no tiene ningún sentido ocultarlo y estoy convencida que agradecerán ese gesto. ¿Té parece bien?

—¡Estupendo! Vamos allá…

Eran pasadas las ocho de la tarde, y seguía entrando gente sin parar, clientes, escritores, seguidores de las infinitas tertulias allí realizadas durante esos dieciocho años y los más importantes, las familias de ambas, Ramón... todos, menos Ernesto.

Aquello para Elisabeth fue el detonante definitivo para una ruptura inminente de su matrimonio, lo pensó y lo deseó, no tenía ningún sentido alargar esa situación.

—Elisabeth. ¡Enhorabuena por estos dieciocho años! ha sido un placer contar con tu ayuda en mis recientes publicaciones, tus acertadas tertulias han sido una gran ayuda para mí, haciendo de cada una de ellas un fabuloso acercamiento con mis lectores.

—Muchas gracias por tus palabras, Toni, es para mí muy gratificante escuchar palabras de reconocimiento a mi ya antiguo negocio.

—¿Antiguo negocio? ¿Ya le dejas irse de casa, por sus dieciocho años? —Toni bromeó, era un escritor muy consolidado, reconocido por sus numerosas novelas todas ellas respaldadas de gran éxito.

—Ja, ja, ja... No, Toni, quien se va de esta casa soy yo, voy a presentarte a mi amiga Ana, ella es ahora la nueva propietaria de Coffee&Books.

—Ana por favor… ven, quiero presentarte a alguien muy importante para mí... Toni Vinyals. Gran escritor y mejor persona.

—Encantada señor Vinyals…

—Pero bueno, llámame Toni, por favor. —respondió muy sonriente.

—Está bien, encantada Toni. Aquí tienes tu casa cuando quieras.

—Pues te tomo la palabra Ana, vendré más de una vez, me encanta este lugar, el igualmente encantado de conocerte.

Fueron muchísimas las presentaciones, Elisabeth se mostraba ilusionada de compartir con todas ellas la buena noticia de su cambio profesional. Se acercó a un pequeño círculo de escritores, le pareció escuchar como debatían con insistencia sobre unos libros publicados con un seudónimo que ninguno de ellos era capaz de acertar con seguridad quien había detrás de aquellas publicaciones. Unos opinaban que el tal escritor, no era español, otros reconocían que habían oído hablar de él, pero desconocían su verdadero nombre, hubo quien se atrevió a mencionar, que en realidad no era él quien los escribía....

—Disculpen, me ha parecido como ustedes hablaban de un escritor con seudónimo desconocido en el mundo literario.

¿Cierto?

—Sí, Elisabeth, a ver si tú lo conoces y nos sacas de nuestra ignorancia...

Ha publicado cuatro libros en estos últimos cinco años, algo asombroso teniendo en cuenta que todos ellos están repletos de excelentes reflexiones. Esta última publicación está compuesta por ciento cincuenta páginas de fabulosos y excepcionales poemas. Lo más curioso es su seudónimo, su verdadero nombre es desconocido por todos...

—¿Te refieres a Emile Dupont?

—Sí ¿Alguna vez has conseguido contactar con él Elisabeth? No recuerdo ese nombre en ninguna tertulia…

—No, jamás he podido localizarlo, llegué a pensar que tal vez era uno de aquellos escritores amantes de sus letras pero reacios a intimar con sus lectores.

Esperad un momento voy a buscar su segunda publicación. Aquí está, escuchad esto:

"El espacio es el lugar que ocupa un objeto en el universo y su posición y dirección relativa con respecto a él. El universo es infinito, por eso un objeto puede modificar su posición y dirección millones de veces en su trayectoria bidimensional espacio/tiempo. Pero no cabe duda que habrá siempre, un hecho objetivo causante. Poner tierra de por medio parece una solución cobarde, pero efectiva cuando lo que tratamos es de modificar nuestra trayectoria sin dañar a nadie, y al mismo tiempo buscar nuestra posición y dirección en el espacio. Tal vez en un país hermano, emulando a aquellos que tuvieron que exiliarse en su día en busca de la libertad".

—La mayoría de emigrantes españoles fueron a Francia, ¿no es cierto?

—¿No os parece extraordinario?

Todos coincidieron en afirmar su admiración por tal reflexión.

Hubo quien se apresuró a mencionar que la estructura de su reflexión le parecía recordar a un escritor del que hacía ya muchos años no había vuelto a leer nada más de él.

—Si no recuerdo mal se llamaba Roberto Collado ¿Le recordáis?

—¿Emile Dupont, Roberto Collado…? ¿Quién debe ser en realidad? —Toni Vinyals dejaba en el aire la incógnita…

CAPITULO 15

La celebración seguía su curso, a las nueve en punto tenían previsto compartir con todos los allí presentes un delicioso pastel de aniversario. Sonia lo había elaborado con muchísimo cariño, durante más de tres semanas anduvo rebuscando nuevas ideas por sus ya releídos libros pasteleros. Faltaban diez minutos para ello, Elisabeth no podía parar de pensar en aquellos libros firmados por Emile Dupont.

Durante más de cuatro años aquellas ediciones habían descansado en su pequeña pero fantástica librería, sin el reconocimiento a tantos excepcionales escritos. Por unos instantes recordó como Alex le mencionó los cientos de reflexiones que durante años había escrito para sí mismo. Fue el día que ella le propuso escribir una novela juntos, seguía grabado en su memoria, recordaba sin ningún duda la conversación en que su incipiente primera negación por tratarse de una novela le hizo confesar todos aquellos poemas y reflexiones que había escrito para sí mismo.

Aquello la ilusionó ¿Y sí era Alex quién estaba detrás de aquellos seudónimos?

—¡Elisabeth!, son las nueve en punto, Sonia tiene el pastel preparado ¿Vamos a ello?

—Claro que sí Ana, ¡Vamos!...

Era casi medianoche cuando todos los invitados empezaron a despedirse, todos coincidieron en resaltar lo bien que lo habían pasado. Elisabeth les prometió a cada uno de ellos un recuerdo en forma de instantánea, para ello contó con la ayuda de Ferrán, aficionado a la fotografía desde sus inicios en Coffee&Books. En muchas ocasiones le había demostrado maravillosas fotografías de sus numerosas escapadas con su pareja, también fotógrafa de profesión.

—Ana, ¿Te espero y nos vamos juntos? —preguntó Ramón.

Siempre atento con ella, la acompañó durante toda la celebración pendiente en cada momento de ella y de su ya partícipe negocio.

—Sí, danos diez minutos, Elisabeth me está ayudando a recoger, enseguida estamos.

Dejaron la cafetería preparada para abrir al día siguiente sin la más mínima muestra de celebración, todo escrupulosamente limpio y ordenado.

—Vámonos Ramón ¿Tienes las llaves?

—Sí, cuando queráis.

—Espera Ramón, si me permites, quisiera ser yo quien cerrara hoy Coffee&Books, será mi última vez. —una emocionada Elisabeth, prendió las llaves, miró a su alrededor y se despidió de esas paredes que tantos buenos momentos le había regalado.

Un taxi la esperaba en la puerta, le pareció ver a Toni, al otro lado de la acera.

—¡Toni! Voy a coger un taxi. ¿Hacia dónde vas? Si quieres lo compartimos...

—Gracias, vivo en la calle París con Muntaner. ¿Te viene de paso?

—Claro que sí, sube, yo vivo a tan solo tres travesías, en la calle Aribau. Durante todo el trayecto, Elisabeth no dejó de mostrar curiosidad por aquel desconocido y misterioso escritor que tanto dio que hablar en la fiesta.

—Por cierto, ahora que pienso, pasado mañana se entregan los premios de poesía en una prestigiosa escuela de artes literarias de Madrid, y me suena uno de esos nombres como uno de los finalistas del concurso. Voy a llamar a mi editor, él ya está allí. ¿Quieres que vayamos juntos Elisabeth? Si queda entre los tres primeros nos enteraremos de su identidad real. Es más tendrá que recoger el premio, estará allí.

—Claro que voy contigo, yo me encargo de los billetes Toni.

—Para mañana, iremos con tiempo, haremos noche en Madrid.

—Mejor en tren ¿verdad Toni?...

—Sí mejor, se hace mejor el viaje en tren y nos deja en Atocha, en el centro muy cerca de donde vamos. Estupendo Elisabeth.

Al día siguiente partieron en el primer Ave de la mañana, con destino a la capital.

—¿En qué estás metido ahora Toni?

—Pues mira, estoy escribiendo unas memorias, una biografía de un par de magnates de la construcción en Barcelona y tengo que acabar pronto porque tengo ganas de empezar a escribir algo de filosofía, ¿sabes?

—No me digas, te gustaría conocer a Alex, es su tema, a parte de la poesía. Yo creo en realidad, los poemas los hace para pasar el rato.

—No lo creas Elisabeth, los poetas expresan sus sentimientos en sus poemas, a veces no los entendemos, pero es la canalización de su estado de ánimo y su lucha interna y diría más, externa con el mundo que les rodea.

—Me encanta como lo explicas, ¿sabes? Me has recordado a él, lo hubiera explicado igual, estoy segura.

—En dos horas y media nos plantamos en Madrid. Lo primero que voy a hacer es comerme un bocadillo de calamares, es típico de allí, no sé cómo lo hacen pero están buenísimos. Luego iremos a la escuela de arte, te gustará. Seguro que hay mucha gente del oficio, son unos de los premios más importantes de poesía del país.

—Está bien, tú me guías Toni.

—Ayer llame a Felipe Calderón, es mi editor y un buen amigo, mañana lo conocerás, o tal vez hoy mismo, él es miembro del jurado de los premios, ¿no te lo dije?

—No, me dijiste que estaría allí, pero no que era del jurado. Entonces él conocerá...

—No, Elisabeth, son gente seria, pueden intuir quién está detrás de un seudónimo, pero jamás lo revelarían antes del veredicto de un concurso. El caso es que le pregunté por nuestro hombre, y ¿sabes lo que me dijo? Que no le sonaba ningún poeta con ese nombre, incluso me recalcó, ¿estás seguro de que es ese el nombre? Piensa que estamos seguros de que los finalistas son los grandes y ninguno responde a ese nombre.

Me quedé parado. Pensé, que raro. Bueno, mañana saldremos de dudas, ¿eh?

—Eso espero Toni, ya no sé qué pensar…

El veloz ferrocarril alcanzó la estación de destino con una puntualidad extrema.

—Bueno Elisabeth, ya estamos aquí. Vamos primero al hotel donde me alojo siempre, ahí no tenemos problemas, está en pleno centro. ¡Taxi...!

—A la calle Princesa, Hotel El Ciervo.

—¿Vienes mucho por aquí Toni?

—No solo si hay algún congreso o algún concurso importante. Dejaremos las maletas y nos vamos a comer primero, después pasaremos por la escuela. ¿De acuerdo?

—Sí, Toni lo que tú digas.

—¿Muchos días esta vez, señor Vinyals?

—No, mañana por la noche regresamos a Barcelona. Tomaremos dos habitaciones Francisco.

—Vamos a dejar el equipaje Elisabeth. Hay un restaurante que te gustará iremos a pie, está aquí mismo ¿Te ocurre algo? Te veo un poco apagada, ¿Estás cansada?

—No, no, Toni estoy muy a gusto aquí contigo, de verdad. Pero algo me dice que no vamos a averiguar mucho.

—¿Por qué crees eso? Yo conozco mucha gente aquí y está claro que alguien sabrá algo.

—Sí Toni pero, no sé. Bueno vamos a comer.

—Así me gusta, ánimo Elisabeth.

—Gracias, Toni Gracias.

—¿Por qué? Pero si no he hecho nada. Y encima estoy aquí contigo. ¿Qué más puedo pedir?

Tras una deliciosa comida, Toni y Elisabeth se dirigen al lugar donde se celebraría el evento al día siguiente.

—¡Hombre Felipe! Sabía que estarías aquí.

—Escucha Toni, esto es confidencial, hay un favorito, pero desconozco su identidad. Un experto dice que el estilo es inconfundible. Dice saber de quién se trata, pero no me fio, igual es un farol. Mañana lo sabremos.

Al día siguiente y a la hora señalada en el salón de actos de la distinguida institución literaria, se dieron cita multitud de gentes, de todos los ámbitos de sociedad madrileña e ilustres literatos de todo el país. Poco antes de las cinco y media de la tarde, un elegante y veterano maestro de ceremonias apareció en una especie de escenario.

—Buenas tardes a todos, y bienvenidos a la ceremonia de entrega de premios del concurso nacional de poesía clásica. Tras la deliberación del jurado, paso a nombrar a los tres ganadores del concurso. Elisabeth y su amigo Toni estaban expectantes cerca del escenario.

—Tercer premio, Marina Cruz con Poemas del mar. Segundo premio para Andrés Ponce, con Poesía y lírica. Y por fin...

—Primer premio para la obra Rimas y más de Emile Dupont, bajo cuyo seudónimo se trata del añorado poeta Alex Reinado.

—¡Es él Toni! —exclamó Elisabeth excitada.

—Espera, a ver... —le respondió en voz baja.

—Recoge el premio Jean Marie Lapierre, representante de Frenchs Editors, pues el autor Alex Reinado se encuentra refugiado en su retiro espiritual en el país vecino, y no se ha desplazado para este acto. En su nombre don Jean Marie nos dirá unas palabras.

—Vamos Elisabeth, tenemos que hablar con ese hombre. Al finalizar el acto, Toni se dirigió al caballero galo y...

—Monsieur Lapierre por favor. Quisiéramos hacerle unas preguntas, si es tan amable ¿Entonces el gran Alex Reinado, vive en Francia, tal vez en París?

—No estoy autorizado para darle esa información monsieur.

Metió en un sobre el nombre del ganador y acertó, claro si fueron amigos hace años. Bueno no ha habido sorpresas, ya te dije que sería un grande el ganador.

—Sí, ya veo. Bueno nosotros nos vamos Felipe, volvemos a Barcelona, gracias por todo.

—Elisabeth, tenía que haber caído que era él, hace años que se fue al Francia y no está en la palestra, pero fue de lo mejorcito, tu no lo conoces, es normal, así acreditas tu hermosa juventud. Ja, ja,

—¿Te ríes de mí, Toni?

—No mujer, es una broma. El caso es que el título me sonaba. Bueno, no hagas caso los poetas repiten mucho los títulos, no son muy originales para eso, acuérdate, Rimas y leyendas, de Becker, Campos de Castilla, de Machado.

—Esto de los seudónimos no me gusta nunca sabes con quien estás hablando.

—Son las reglas para que no haya favoritismos en los concursos.

—Sí, sí, lo entiendo. —sentenció Elisabeth.

Esa misma noche Toni y Elisabeth se trasladaron a Barcelona en el último tren.

Allí se despidieron, no sin antes comprometerse reencontrarse en Coffee&Books.

—Adiós Toni, gracias por todo de nuevo.

—No hay de qué Elisabeth, hasta pronto.

CAPITULO 16

Aquella noche era imposible dormir en Barcelona, hacía un calor espantoso, decidió levantarse, recordó como en muchas noches de verano, Ernesto y ella solían tumbarse en la terraza y contemplar cientos de estrellas en noches de luna llena.

Hacía más de tres meses que Ernesto se había ido de casa y ningún signo de reconciliación por ambas partes. Se percató que aquel piso conyugal era demasiado grande para ella, de todos modos en su última conversación ya había manifestado su deseo de venderlo sin ningún tipo de negación por su parte. Fantaseó con la posibilidad de buscar un piso cerca del mar, era algo que siempre había deseado, pensó que ahora era el momento, se imaginó contemplar aquellas estrellas en un nuevo hogar y no pudo controlar su felicidad, aun siendo las tres de la madrugada, abrió su ordenador y rastreó cientos de pisos, sabía que alguno la estaba esperando. Sin desearlo se durmió cerca del amanecer. A las ocho en punto sonó el despertador, aquella semana los niños estaban con Ernesto, nadie la esperaba, podía haber seguido durmiendo, pero decidió no hacerlo, se tomó un buen café con leche, como estaba acostumbrada en Coffee&Books, y se sentó a degustarlo como cada día, en su butaca color miel que en una de sus escapadas había comprado en un mercado de La Bisbal, antiguo pero muy bien conservado, su pasión por estos muebles le habían hecho discutir en más de una ocasión con Ernesto, ahora podía escoger muebles y todo tipo de decoración con total libertad en su nuevo hogar. Mientras lo tomaba disfrutando y apreciando aquellas espectaculares vistas de la ciudad, pensó en empezar a escribir un nuevo libro esa misma mañana. "Detrás del silencio". Así se llamaría… Elisabeth una vez liberada de sus obligaciones en su negocio, se dedicó plenamente a su actividad creativa y literaria. Era la primera vez que se sentaba a escribir tras la venta de Coffee&Books, aquellos tres meses posteriores los dedicó a preparar la celebración y como no, a reformar aquella habitación que ahora tanto le gustaba, su nido, como a ella le gustaba llamarla. No en vano, la incertidumbre de como pintarla fue el comienzo de su ruptura con Ernesto. Decidió decorarla con un estilo muy femenino, sus paredes empapeladas con estampación floral en suaves tonos rosas y turquesas acompañaban a una lámpara altísima de gran plumaje blanco, se enamoró de ella solo con verla, tenía una imperiosa luz mágica natural, casi podía palparla. Junto a un mullido y envolvente sofá, una creativa librería de colores, en ella un sinfín de libros escogidos en Coffee&Books, entre ellos todos aquellos firmados con seudónimo Emilie Dupont.

Un gran ventanal donde disfrutar de un baile de la naturaleza en todas sus estaciones, invitaban a recrearse, a inspirarse, a gozar escribiendo. En una ocasión, sintió debilidad por una pequeña figura de porcelana con una funcionalidad elegante, estaba inspirada en los pétalos de una flor, decidió acompañarla junto dos fotografías de sus hijos.

Diversos objetos escogidos por flechazo abrazaban el espíritu de esa habitación.

Se sentó, miro a su alrededor con la convicción de estar buceando entre sus sueños, era todo lo que necesitaba, su viaje a nuevos horizontes empezaba allí, sin prisas, sin presiones, sin obligaciones, solo ella , su cuaderno y aquel querido ordenador que Alex le regaló en sus inicios de Aura de Mujer. Quiso concentrarse pero su curiosidad por leer alguna reflexión de Emilie Dupont hizo que lo dejara para más tarde.

Abrió el más antiguo publicado, y que por fechas coincidía con la despedida de Alex. Ninguna dedicatoria, su primer escrito una reflexión:

"Se aleja el sol cada vez más y más, en su incansable búsqueda de la perpendicularidad. A trancas y barrancas, se abre paso entre tormentas y claros el estío. Se apresuran los árboles a expandir sus semillas multiplicadoras, ansiosos por mostrar su espectáculo floral, pues cuando los intensos rayos solares arremetan contra ellas, éstas se rendirán al exceso de calor y se iniciará su decadencia y posterior muerte, que servirá sin duda para retornar a un nuevo proceso irreversible de reparación. Si el ser humano tuviese la capacidad de regeneración que tiene el mundo vegetal es posible que la vida tomase matices más cercanos a la naturaleza. Las hojas caducas caen cuando tienen que caer y rebrotan cuando toca, en cambio los humanos nos empecinamos en tener hoja perenne, aun sabiendo que es incierto. Para nosotros las agujas del reloj dan vueltas y vueltas y el calendario no es perpetuo, sus hojas caen inexorablemente en un proceso imparable. Pero estos dos instrumentos los hemos creado nosotros, no forman parte de la naturaleza, tal vez hemos creado un monstruo que ahora nos domina y nos angustia. Eso es la impregnación a la que me he referido más de una vez. El ritmo de vida que hemos creado es posible que beneficie a alguien, no me cabe duda, pero lo que es indudable es que no beneficia al ser humano en su integridad individual. Apearse del carrusel parece lo saludable, pero la caída pudiera ser letal para los intereses de las personas con las que convivimos o que dependan de nuestro equilibrio para mantenerse seguros en la inercia de la montaña rusa en la que viajamos".

De pronto sonó el teléfono, se asustó, estaba tan sumergida en la lectura de aquella reflexión intentando reconocer algún sentimiento que la condujera a Alex, que aquella interrupción le molestó tremendamente.

—Hola, ¿Elisabeth?

—Sí, yo misma —respondió dudosa.

—Encantada, soy Olga Hazas, representante de la editorial Spring Renews.

—¿Olga Hazas? Lo siento no la recuerdo, lamento decirle que Coffee&Books ya no es de mi propiedad.

Creyó que aquella llamada era como muchas anteriores para organizar tertulias literarias.

—No, disculpe, mi editorial está interesada en Elisabeth. ¿Es usted quien escribió Aura de Mujer?

—Sí. —contestó intrigada.

—Entonces es a usted a quién busco. Me gustaría conocerla personalmente. ¿Sería posible esta semana? Mi editorial ha pensado en ofrecerle una atractiva propuesta, estoy segura que no la rechazará.

Se quedó pensativa, jamás en estos últimos años ninguna editorial se había interesado personalmente por ella.

—¿Elisabeth? —insistió al no recibir respuesta.

—Sí, sí, aquí estoy, por supuesto, podemos quedar esta semana, dígame día y hora.

—Entonces nos vemos este miércoles, a las cuatro de la tarde, en Rambla Catalunya 80, primer piso. Pregunte por mí.

—Estupendo, allí estaré. Muchas gracias.

¡¡¡Bien!!! —exclamó al colgar.

CAPITULO 17

Aquella llamada fue como superar o igualar un icono, sabía que la atractiva propuesta a la que se refería Olga, sería una sensación muy parecida a la de escribir ella sola por primera vez. Se planteó la entrevista como un reto. Tras aquella llamada, perdió la concentración, hacía ya más de una hora que su pantalla permanecía en blanco. Le apeteció enormemente pasear por el centro histórico de Barcelona, podía hacerlo, nadie la esperaba para comer. Recordó como de pequeña solía ir a merendar junto a su madre y hermana por la emblemática calle Petritxol. Se quedaba prendada de tanta belleza gótica, sus 130 metros de largo por tres metros de anchos, eran una auténtica admiración, sus curiosos mosaicos representaban las costumbres de Barcelona de aquellos tiempos. Repleto de librerías y chocolaterías que ofrecían sin descanso una grandísima variedad de todo tipo de dulces, churros, ensaimadas, pasteles de chocolates, de limón, la querida crema catalana, flanes, croissants...y como no el sabroso Suizo, excelente chocolate con nata. Su recorrido solía terminar en un envolvente paseo por la Plaza del Pi, allí mismo en una pequeñísima tienda vio en el escaparate una preciosa manta de crochet, una vez leyó la definición a tan artesanal trabajo.
"El crochet es una técnica llena de historia y significado. Una habilidad de supervivencia con la que se expresaban las mujeres".

La compró, durante muchos años la acompañó en su rincón preferido, un excepcional sofá color frambuesa.

—Siguió paseando hasta llegar a la catedral Basílica Santa Cruz y Santa Eulalia, Catedral de Barcelona, una de las más antiguas del mundo Cristiano. Arquitectura gótica impecable y extraordinaria.

Se detuvo frente a ella, el tiempo parecía paralizarse contemplando aquella impresionante y a la vez delicada hermosura.

Le pareció oír su nombre de lejos, miró a ambos lados, pero entre tanta multitud de turistas le resultaba difícil reconocer alguna cara conocida.

—¡Elisabeth! —era Ramón, ahora ya prometido de Ana.

—Hola Ramón, ¿Qué haces aquí? ¿Has sentido como yo el impulso de recordar tu infancia? —bromeó, al ser una situación atípica y simpática para los dos.

—Mi infancia no, pero mi futuro, sí.

He venido expresamente a una joyería muy cerca de aquí, para encargar mis alianzas. Estoy seguro que a Ana le encantaran.

—Me alegro mucho por vosotros, hacéis una magnífica pareja.

¿Te has parado a pensar que gracias a mi decisión de vender Coffee &Books, Ana y tú, estáis juntos?

—Claro que lo hemos pensado, y por ello, queríamos pedirte algo muy importante para nosotros. Hubiese querido proponértelo en otro lugar, pero que mejor sitio, que en frente de la Catedral de Barcelona.

—¡Por favor, Ramón! ¡Que intriga! ¡Venga, suéltalo ya!

—Elisabeth, ¿Te gustaría ser nuestra madrina de Bodas?

—¿Vuestra Madrina de Bodas? ¿Y me lo pides aquí, enfrente de la Catedral? ¡¡Claro que Sí!! Muchas gracias por pensar en mí, sois un encanto los dos.

—Ahora mismo subo a ver a Ana, estoy deseando darle un abrazo…

—Te acompaño, tengo el coche aquí mismo.

—Estupendo, vamos y lo celebramos, os invito a comer ¿Qué tal, un japonés?

Disfrutaron mucho de aquella comida, deseó compartir con ellos la ilusión por la entrevista que al día siguiente le esperaba.

Ansiaba realizar su sueño de editar su nuevo libro bajo un buen contrato. Se alegraron mucho por ella, especialmente Ana.

El día siguiente amaneció lluvioso, durante todo el día no dejó de pensar como iría la entrevista, faltaban diez minutos para las cuatro en punto, cuando entro por primera vez a la editorial Spring Renews. Le encantó la imagen de aquellas oficinas, invitaban a la relajación, grandes láminas de hojas verdes contrastaban con la sencillez de unas paredes blancas impolutas.

Enseguida Olga la atendió, entre ellas hubo muy buena sintonía nada más conocerse. La acompañó a un gran despacho, guardaba la misma sintonía de la entrada, todo parecía estar coordinado al milímetro, no pudo evitar sentirse atraída por un clásico balancín de manera natural.

—Que preciosidad de balancín Olga, tengo la sensación que sentarse a leer en él debe ser como viajar a lugares remotos.
¿Sabes de qué año es?

—La verdad es que no, pero lo que si he podido experimentar es la sensación que tú has mencionado, ven, escoge al azar uno de estos libros, el que quieras.

Le atrajo uno de tapa blanda, su portada brillante y mate en tonos azules le recordó por su estética aquél que hacía pocos días había leído una apasionante reflexión de despedida firmada por Emilie.

Imaginó que ese también podía ser suyo. Sin que Olga se percatara, miró rápidamente su autor. Se equivocó.

—Buen libro, Elisabeth, ahora siéntate y disfruta.

Faltaban diez minutos para las cuatro en punto, cuando entro por primera vez a la editorial Spring Renews. Le encantó la imagen de aquellas oficinas, invitaban a la relajación, grandes láminas de hojas verdes contrastaban con la sencillez de unas paredes blancas impolutas.

Apenas pasaron cinco minutos.

—Elisabeth, si te parece empezamos la reunión.

—¡Oh! Sí, disculpa, sentarse aquí es disfrutar de un verdadero oasis, podría pasarme horas y horas. Este libro es maravilloso, me recuerda al escritor Emilie Dupont.

—Tal vez te lo ha parecido al principio. En mi opinión Emilie Dupont es un grandísimo brillante escritor inigualable.

—¿Lo conoces?

—No personalmente, pero sí hemos publicado sus tres últimos libros. Toma asiento. ¿Te apetece un café, té, agua?

—Gracias, tomaré un café.

Elisabeth no se atrevió hacer más preguntas, le hubiese gustado indagar más sobre el desconocido escritor, pero no podía olvidar que estaba en una reunión de trabajo.

Todo fue como ella esperaba, Spring Renews editaría su próximo libro con unas condiciones inmejorables.

CAPITULO 18

Mantuvo una estrecha relación con su amiga Ana, por ese tiempo propietaria del exclusivo Coffee&Books, acudía con frecuencia a charlas y reuniones literarias en su amado local. Una de esas tardes, al llegar…

—Elisabeth, te estaba esperando, mira esto ¿te recuerda algo…?

—¿Qué es? —le miró intrigada mientras lo cogía.

—Este libro, mira el título… ¿No te recuerda a alguien…?

Elisabeth lo toma en sus manos y lee "Un largo silencio".

—¿No era un capítulo de Aura de mujer? —Elisabeth se quedó pensativa, y al momento… —Sí, sí, deja que vea —ojeó por encima el contenido de la obra y enseguida detectó de donde podía proceder eso. —¡Es él!

—¿Quién, Alex? —dijo Ana mientras se incorporaba.

—Sí es él… —se levantó de golpe de la mesa.

—Pero ¿el nombre? No recuerdo para nada verlo en ningún libro de él.

—Es su seudónimo. —respondió con seguridad.

Examinando la obra entre las dos amigas, iban identificando que realmente esa obra era de Alex.

—Elisabeth mira este poema:

Vivir lejos de tu país
solo es posible
si tienes un gran amor,
sino es imposible.

Huir hacía la luz de Éze
es buscar la salida
de los peores recuerdos,
es curar el alma herida.

Éze-sur-mer, mi destino
lavar en tus aguas mi pena,
será mi agua bendita
en noche de luna llena.

En el umbral te esperaré
no cierro la puerta, la entorno,
hasta que mi nave parta
a ese viaje sin retorno.

A unos ojos verdes.

—Vaya esto es... Está allí, claro, ahora lo entiendo Ana.
— ¿Qué? —no entendía a qué se refería, absorta la miraba.
—Nos vamos. —dijo tajante Elisabeth.
—¿Adónde? —Ana no salía del asombro a tal afirmación.
—A Francia.
—¿Francia?
—¿Por favor, vienes conmigo Ana?
—Claro que voy, esto no me lo pierdo yo.
—Prepara las maletas vengo a recogerte en una hora.

Elisabeth cogió lo indispensable para un viaje imprevisto y pasó a recoger a su amiga a su casa.

—Ana, ¿Estás lista?

—Sí, un momento, debo dejar unas notas para no preocupar y una llamada a Lorena para avisarla.

—Está bien, te espero abajo.

—Voy, voy Elisabeth… ya voy.

Las dos amigas colocaron sus enseres en el pequeño maletero del magnífico automóvil, pequeño tamaño pero una delicia, que tenía enamorada a su propietaria.

—Encárgate del navegador Ana, que vamos muy lejos.

—Pero, tu ¿Conoces Francia?

—Es el país de al lado, además yo no me pierdo, pero por si acaso, ve atenta al navegador.

—De acuerdo. —le sonrió.

Durante los primeros kilómetros se hizo un silencio, ni una ni otra sabían romperlo, hasta que Elisabeth, con una de sus ocurrencias.

—Esto ¿qué es? El largo silencio, ja, ja, ja, ambas rompieron a reír.

—En un rato nos ponemos en la frontera.

—¡Ah! pero hay frontera.

—Es un decir, claro que no, pero acaba un país y empieza otro ¿no?, ¿Cómo se llama eso?

—Frontera.

—Pues ya está.

De nuevo surgieron las risas, ja, ja, ja.

—Elisabeth, me has hecho reír. Solo te ha faltado decir, punto pelota. ¿Aún lo dices?

—Sí claro… y punto pelota.

Elisabeth recordó como a Alex, le hacía mucha gracia esa expresión.

—Mira Ana, vamos a salir de la autopista, quiero pasar por mi Paraíso.

Tras un poco más de veinte minutos Elisabeth señala su casa de verano en el Empardan.

—Ahí disfruté de mis mejores veranos.

—No me extraña es un sitio maravilloso. —Ana, miró a su amiga y tras un breve silencio… —Elisabeth, ¿qué te hace falta a ti para ser feliz?

Elisabeth miró a su amiga y no respondió, pero dos lágrimas salieron de sus hermosos ojos y resbalaron recorriendo sus mejillas. Inmediatamente, con una mano, secó su rostro, con la otra mantenía la trayectoria del vehículo.

—Podemos parar un rato para descansar Ana ¿Quieres?

—No, yo no, pero tú debes estar cansada, llevas muchos kilómetros sin parar.

—Bien, busquemos un lugar para tomamos algo y descansamos

—Mira ese puede ser un buen sitio, y hay gasolinera, llenaremos el depósito y descansaremos un rato.

El empleado de la gasolinera miraba a las dos mujeres, desde el interior del establecimiento se oyó una voz femenina

—Alex, después el Peugeot gris ¿vale?

Las dos amigas se miran y se echan a reír.

—Ja, ja, ja, mira por donde, ya lo hemos encontrado.

 El sufrido trabajador del surtidor se queda perplejo.

—Pobre hombre, pensará que estamos locas.

—Es que estamos locas Ana, salir de esta manera sin saber realmente adónde vamos es de locos.

—Pues, Elisabeth, yo creo que lo vamos a encontrar, algo me dice que estará allí.

—¿Quieren comer señoras?

 Un apuesto camarero les ofreció una carta del restaurante.

—Pues yo me tomaría una cerveza Ana.

—¿Una cerveza?, tienes que conducir

—Es verdad, por favor dos refrescos de cola.

—Eso está mejor. —replicó Ana.

—Muy bien ahora mismo se los traigo.

Elisabeth recordó que Alex usaba una crema facial, que llevaba siempre en su bolso, intentaba reducir las grietas que habían dejado las huellas en su rostro cansado de trabajar toda su vida. Aquel camarero le recordó mucho a él.

—Bueno, ¿cuánto tardaremos en llegar, más o menos Elisabeth?

—No sé unas cuatro o cinco horas, calculo.

—¿Sí te encontraras con él, qué harías?

—Pues no lo he pensado, ya veremos, primero tenemos que llegar y situarnos para averiguar dónde puede estar, el pueblo no es muy grande, preguntaremos.

—Preguntarás, Elisabeth, yo no hablo ni una palabra de francés.

—Tu tranquila, déjame a mí.

—Son las cinco y media, antes de las once estamos allí.

CAPITULO 19

Les resultó ser un viaje largo pero placentero, no dejaron de intercambiar impresiones, la incógnita de todos aquellos escritos premeditaban un encuentro inmediato. Eran casi las once de las noches cuando visualizaron el letrero de llegada. Cansadas pero muy ilusionadas desearon encontrar rápidamente un hotel donde descansar.

—Mira, ahí hay uno hombre con su perro, ¿por qué no le preguntamos?

Bon soir monsieur, pourriez-vous nous dire comment nous rendre à Éze-sur-mer?

—Si vous faites tous face à vous, vous trouverez une déviation à droite. —Merci, très gentil.

—Elisabeth no sabía que hablases tan bien francés.

—Bueno un poco solo.

— Un poco no, me he quedado sorprendida

— Oye, ¿Alex habla francés?

—Creo recordar que algo hablaba, pero si vive aquí, seguro que ya sí. Bueno, ya estamos mira, Éze-sur-mer aquí es. ¡Qué bonito es este pueblo! Es como la Costa Brava, muy parecido ¿verdad?

—Sí, es verdad. —miró a Elisabeth sonriéndole.

—Mira Ana allí, ese es nuestro hotel, mira como se llama, Hotel Paradise.

—Genial, vamos allá.

Se trataba de una espléndida instalación hotelera para turistas extranjeros.

—Que acogedor, bonito hotel, estupendo.

Tras el mostrador de la recepción una distinguida mujer da la bienvenida a las intrépidas viajeras.

—Bonsoir madames... bienvenue a l'hôtel Paradise, de l'espagne oui...

—Oui, merci madame.

—No probleme, yo hablo español, et ilalienne oussi. Aquí estamos muy cerca de la frontera italiana y también vienen muchos españoles.

—Estupendo, queríamos una habitación, si es posible con vistas al mar.

—Mais oui, todas nuestras habitaciones están orientadas al mar. ¿Beaucoup días por aquí?

—No sabemos, tal vez un par o tres, ya veremos.

—Tres bien, attande por favor... François s'il vous plai... acompaña a las señoras a su habitación 113.

—Mira que bien me gusta hasta el número de habitación.

—Veronique, je m'apell Veronique.Madames.

—Merci Fraçoise.

—De rien madames

—¿Qué tal una ducha rápida y a cenar?

—Sí Ana, estupendo.

Se apresuraron en ducharse rápidamente, era demasiado tarde para acceder al servicio del restaurante del hotel, pero sí degustaron especialidades gastronómicas francesas en el mismo exquisito bar del Hotel Paradise.

—¿Qué tomarán las señoras para beber?

Ambas se miran y...

—Ahora sí Ana, un botella de vino por favor.

—Excellent madame. ¿Bordeaux?

Durante toda la cena no dejaron de intercambiar opiniones diversas sobre las reflexiones y poemas de Emilie Dupont.

—Mañana pienso desayunar croissants de aquí.

—Ana, ¿sabes una cosa? El croissant, es una pieza de panadería de origen austriaco, cuya versión hojaldrada se desarrolló en Francia. Está hecho con una masa de hojaldre específica que contiene levadura, mantequilla o margarina. Dado que en el siglo XX la popularidad del croissant se extendió a muchos países del mundo, existen numerosas variantes con ingredientes, consistencia y nombres propios. Los cruasanes son conocidos como los cachitos en Perú, Ecuador Venezuela, Colombia medialunas (un tipo de facturas) en Chile, Paraguay, Uruguay Argentina y en otros países de América Latina, cómo cangrejitos, o cuernitos. Los hay dulces o salados, sencillos o rellenos. La costumbre de elaborar pastelitos con forma de medialuna curva remonta a una tradición milenaria, que perdura hoy en día en pasteles dulces como el tchareke de Argelia, el kaab el ghzal de Marruecos o el ay çöreği de Turquía que los turcos habrían introducido en Europa en el siglo XVII.

Según la leyenda más divulgada, el Croissant nace como uno de los actos festivos cuando la ciudad de Viena se salva del sitio otomano a finales del siglo XVII. En 1683, los soldados otomanos al mando del gran visir Kara Mustafá, después de conquistar la mayoría de las regiones a orillas del Danubio, sitian Viena que, después de Constantinopla, habría sido la primera conquista importante en Europa.

—¡Vaya!, pues sí que sabes tú de croissants.

—Leía mucho en el Coffee&Books sobre pastelería, me gustaba dar lo mejor a mis clientes.

Una agradable cena puso punto final a una jornada completísima, Ana y Elisabeth platicaron durante una larga sobremesa sobre distintos temas.

—¿Por dónde empezaremos mañana Elisabeth?

—Pues mira, vamos a usar un procedimiento que aprendí hace tiempo. Trazar una estrategia, recuerdo perfectamente una reflexión que leí de Alex, decía algo así:

"Una estrategia de futuro es lo más parecido a una ilusión que pudieses transformar en una realidad tangible. Una ilusión es pensar y creer que una estrategia premeditada puede ser viable algún día".

—¿Tienes alguna ilusión?

—Sí… encontrarle.

—Mañana después de desayunar iremos a ese centro cultural que hemos visto al venir hacia aquí. Allí preguntaremos si conocen a un escritor español que viva por aquí. Sin duda lo sabrán. Otra cosa es que nos digan donde exactamente. Es difícil, aquí debe haber muchos artistas, es un lugar espectacular para ellos. La noche en la bella población medieval ofrecía un ambiente mágico, el silencio en las calles aledañas ayudaban a facilitar el descanso nocturno.

CAPITULO 20

Un rayo de luz se filtraba por las rendijas de las persianas de la ventana, eran un despertador natural, el día se abría camino y animaba a abrir esa ventana de par en par. Al hacerlo Ana señaló:

—Elisabeth, mira esto, hemos amanecido en un paraíso. Qué barbaridad, que hermosura de paisaje. Ese mar azul aquí se ve más azul todavía. Es increíble. ¡Esta vista corta la respiración! —miraba sorprendida Ana.

—Es un auténtico mirador del Mediterráneo y de la Costa Azul hasta Niza. —puntualizó Elisabeth, recordando todo cuanto había descubierto buscando información sobre aquel maravilloso y sorprendente pueblo. —¿Sabías que el pueblo costero de Éze Bord de Mer, a tan solo cuarenta y cinco minutos de aquí destaca por sus villas con fachadas rosas y ocres de principios del S.XX? Es lugar de residencia de famosos conocidos como la escritora Georges Sand, príncipes de Mónaco, U2... Éze es conocido por ser uno de los pueblos más pintorescos e impresionantes de la Costa Azul y por estar encaramado a lo alto de un acantilado, desde aquí divisamos toda la costa y ¡Fíjate! ¿Ves aquellos enormes cactus?

—Pero ¿¡Quién necesita guía turística teniéndote a ti!? Sí, los veo.

—Me documenté, tenía mucha curiosidad por conocer el pueblo donde creo y estoy convencida encontraré a Alex.

—Yo también lo creo Elisabeth. Dime, esos cactus ¿Son?

—Aquellos cactus son la joya del pueblo de Éze, un jardín exótico, con hermosas composiciones florales, esculturas... una auténtica maravilla.

—¿Te fijaste en la doble puerta fortificada a la entrada del pueblo? Es del Siglo XIV por ella accedes a la ciudad antigua de Éze, con las típicas callejuelas y casas medievales.

—Claro que me fijé, jamás había visto unas puertas tan solemnes. He oído decir que cerca de ellas se encuentra la Capilla de los Penitentes Blancos del Siglo XIV, es conocida por tener un exterior sobrio, incluso hay quien opina poco agraciado pero un interior realmente hermoso.

—Hermoso y excepcional Ana, de arte barroco, destaca por su decoración pictórica y escultórica. Fue reconstruida en el Siglo XVII. Pero venga vámonos ya, estoy deseando descubrir el comercio de este pueblo encantador. El centro cultural se encuentra a unos dos kilómetros de aquí, aprovecharemos el paseo, he visto por imágenes una fabulosa tienda de comestibles con una gran variedad de reconocidos aceites, todos ellos enlatados de mil maneras diferentes, me apetecería comprar una variedad de ellos.

—¿Ahora también te interesa la gastronomía? Comerciante, escritora, cocinera, decoradora...

—¡Oh! ¡Me descubriste! —bromeó Elisabeth. Me encantaría comprar diferentes latas para adornar el mueble alto de mi cocina las hay de diferentes medidas y de una extensa tonalidad de colores. Ya puedo imaginármelo...

—Lo sabía, no puedes evitarlo. Creo que yo también compraré para Coffee & Books.. —le guiñó un ojo con una sonrisa en sus labios.

—¿Bajamos a desayunar, Elisabeth? Estoy hambrienta.

—¡Sí, vamos, los croissants nos esperan!

Bajaron al primer piso, un acogedor salón les recibía con una extensa variedad de bollería, mermeladas, quesos, frutas, cafés y tés donde elegir. A Elisabeth le pareció estar viviendo un momento mágico, disfrutaba como una niña de aquel desayuno.

—Ana, este desayuno está delicioso, pero creo que deberíamos ir tirando.

—Sí, cuando quieras nos vamos.

Apenas unos metros del hotel, se adentraron por unas callejuelas típicas del pueblo, sus calles adoquinadas parecían retroceder a uno en el tiempo. Casi pasaron de largo la tienda de aceites.

Desde fuera parecía un jardín incrustado entre paredes, mesas y sillas de diferentes colores, adornaban el conjunto de aquel singular negocio. Un largo mostrador de manera antigua hacía de separación entre las múltiples y coloristas latas de aceites y un pequeño bar, donde se podía degustar toda una selección de quesos y de una extensa variedad de aceites. Ninguna de las dos pudo reprimirse, compraron más de cinco latas cada una, en diferentes tamaños, pequeñas y medianas en tonalidades rosas y rojas para Elisabeth, y tonos amarillos para Ana. Se dirigieron entonces al centro de la Villa, grandes arcadas de flores con una estrecha calle adornada con múltiples composiciones florales desembocaban a una pequeña plaza, a su izquierda con grandes letras rojas: Centre Culture Éze. Elisabeth estaba convencida que allí encontraría la respuesta a todas sus preguntas. Recordó como repasó mil veces aquellos libros de Emilie Dupont todos ellos parecían estar basados en su vida. Sus sentimientos, sus ilusiones, sus sueños, sus anhelos...eran todos suyos, la hacían sentirse protagonista en numerosos relatos y reflexiones. Parecían querer transmitirle el deseo de reencontrarse. El último libro, hacía apenas tres semanas que había sido publicado. No tenía ninguna duda que uno de los poemas era una invitación a Éze, lo sintió desde el principio, un escalofrío recorrió su cuerpo en cuanto lo leyó. Fue una sensación de placer muy parecida a cuando Alex le enviaba sus primeras notas de admiración.

La mayor decepción desde su llegada a Éze estaba a punto de suceder. Jamás imaginó que sus ilusiones se desvanecerían en tan solo cinco minutos. Nadie en el Centro Cultural, conocía de la llegada de ningún escritor al pueblo de Éze. La negación fue unánime por parte de todos los trabajadores. Para ellos era desconocido aquel seudónimo, ninguno reconocía haber visto aquellas publicaciones. Insistentemente Elisabeth preguntó, necesitaba alguna pista, algo que la ayudase a encontrarlo. Les aconsejaron preguntar en las pocas oficinas inmobiliarias del pueblo, tal vez ellas sí podrían ayudarlas .Ana enseguida la animo, sintió la misma decepción que ella, pero no quería exteriorizarlo.

Sin éxito recorrieron todas las inmobiliarias, a ninguna de ellas les pareció haber alquilado o vendido ningún estudio, vivienda o local a nadie con las características de Alex. Elisabeth intentaba recordar muchos de los últimos poemas publicados, tal vez algún detalle le haría intuir dónde localizar a Alex.

—No puedo rendirme Ana, presiento que voy a conseguirlo, necesito tiempo para pensar.

—Deberíamos leer de nuevo su último libro, creo como tú, que allí encontraremos la respuesta.

—Nos tomamos un café y lo examinamos detenidamente, hice bien en llevármelo esta mañana.

—Me parece estupendo, déjame primero llamar a Ramón, tengo varios mensajes suyos.

—¡Oh! Ana, lo siento mucho, te pedí que me acompañaras sin tener en cuenta por el fabuloso momento que Ramón y tú estáis viviendo, son días de muchas decisiones, una boda requiere mucha dedicación, y yo no hago más que entorpecerlo.

—No por favor, estoy aquí porque quiero ayudarte, aún quedan tres meses para la celebración. En todo momento estoy en contacto con Ramón y en Coffee&Books confío plenamente en Ferrán. Puedo estar aquí contigo unos cuantos días más.

—Gracias Ana. —sintió como sus ojos se humedecían.

—Voy a sentarme en aquella terraza mientras hablas con Ramón, empezaré a leer los poemas, mientras te espero.

—Enseguida estoy contigo, dame diez minutos.

"No veo el mar, ni veo el monte,
el poder de los sueños avalas,
que el alma plácida se remonte,
mueren las cosas buenas y las malas".

—Mira Ana, este corto poema está seguido del escrito de Éze. ¿No te parece extraño? Desde cualquier rincón de Éze se puede apreciar el mar...

—A no ser, que uno mismo no quiera verlo.

—¿A qué te refieres, Ana?

—Me transmite tristeza, si realmente se refiere a Éze, está claro que su angustia no le deja ver este maravilloso mar.

—Nos tomamos el café y bajamos al puerto.

—Perfecto, lo estoy deseando, yo también me documenté ¿sabes? llevo conmigo una lista de varias cafeterías singulares de la zona pesquera.

—¿Te documentaste? Cada vez nos parecemos más tú y yo. Vámonos, no perdamos tiempo.

Unos cuarenta y cinco minutos tardaron en recorrer un largo camino desde lo alto de la Colina hasta el puerto pesquero de

Éze sur Mer. Chemin de Nietzsche se llamaba el paseo. En recuerdo a Friedrich Nietzsche, gran filósofo que solía andar desde el mar hasta el pueblo, de allí su dedicatoria. En él se inspiró para escribir la tercera parte de "Así hablaba Zaratustra" de esa forma dijo: "Los días se suceden unos a los otros de una belleza insolente".

Escondidas bajo las sombras de un bosque de altos pinos, se adivinaban espléndidas Villas de estilo Belle Epòque. Prefirieron respetar el silencio de la naturaleza, apenas cruzaron cuatro palabras. Elisabeth no dejaba de pensar en Alex, en alcanzar sus sueños, aquellos que jamás debió dejar marchar. Tan solo se dirigió a Ana en un momento del trayecto.

—Ana ¿Tú crees que Alex sigue con su mujer? No solía hablar de ella, parecía que solo sentía cariño por aquella relación…

—No lo sé Elizabeth, pero pienso que de ser así, y sí es verdad que él es el autor de los poemas, desde luego lo que transmite es el sentimiento de un hombre de corazón solitario.

—Yo ahora soy libre, mi matrimonio hace ya mucho tiempo se rompió, no le guardo ningún rencor, me dio lo que más quiero en este mundo, mis dos hijos.

—Elizabeth, deja de pensar en tu futuro con Alex, vivamos el presente, ahora lo importante es encontrarle, y me temo que no será fácil.

—Ya estamos en el puerto ¡Que preciosidad! me tomaría un té bien frio ¿Te apetece ir a una excelente cafetería? Se llama Éze Plaisir y es una auténtica locura, lo vi por internet.

—Por supuesto y si te parece repasamos una vez más el libro.

—Buena idea, Elisabeth, tal vez nos ayude…

Ana se guio por su instinto, había visto muchas fotografías de áquel puerto, sabía que enseguida encontrarían la cafetería.

—¡Mira, es aquella! —exclamó Ana, es inconfundible.

Elisabeth se quedó prendada de aquella exquisita y a la vez fresca decoración.

El predominio de tonos claros y azules intensos acompañados de rojos, amarillos y blancos le parecieron simular mar, tierra y arena.

—No se puede pedir más, estupenda cafetería, vistas panorámicas y este delicioso té verde con cerezas bien frio. ¡Acertaste Ana!

—Venga, déjate de cumplidos y repasemos el libro. —le guiñó sonriendo.

De nuevo les llamó la atención un fragmento del singular libro de Emilie…

"Se esconde aquí, ese mensaje secreto…Para lograr conectar, con un nuevo mundo mágico… esas piedras que quieren ser río… tal vez alcanzar un día el mar… mientras… sigue besando el mar… que eso si es amar por amar. Cuando miras ese mar, vemos las mismas aguas, el sonido de sus olas… son el eco de una voz".

—Está claro Ana, nos hemos de dirigir a la desembocadura del rio.

—¿No crees, que te estás precipitando? Si quieres vamos, pero pienso que estás actuando sin coherencia. Cada poema, cada fragmento, reflexión… te imaginas que es un llamamiento, una señal, por favor Elisabeth, yo quiero ayudarte, pero entiende que esto de buscar supuestas pistas parece un juego de niñas.

—Lo siento, tienes razón. No me doy cuenta, es que no sé dónde debo ir, a quien preguntar ¡me estoy volviendo loca buscando a Alex! A lo mejor no está ni aquí en Éze! —No desesperes, cálmate, yo solo te pido que reflexiones, no podemos actuar por impulsos. Recuerdo haber visto un par de inmobiliarias aquí en el mismo puerto, nos acercaremos y preguntaremos. Todo parece indicar que el mar es su herramienta de contacto.

—De acuerdo, tal vez tengas razón y si esto se alarga a lo mejor hasta alquilo un pequeño apartamento, es un lugar divino para vacaciones, Laia y Pau estarían encantados de pasar unos días en Éze, sé que les gustaría.

—Entonces ¿Te olvidas de ríos y nos dirigimos a la primera inmobiliaria?

—Sí, no me hagas caso… el río ya está olvidado…

CAPITULO 21

Un gran anuncio luminoso indicaba la entrada a una enorme oficina de compra-venta de pisos, apartamentos, estudios, casas, locales... incluso grandes y pequeñas embarcaciones, era el paraíso de cualquier cliente, en zona portuaria. Tampoco obtuvieron ninguna respuesta favorable, en un principio dudaron por un cliente, recordaban como hacía un par de meses un hombre alquiló tres viviendas, una gran casa con jardín, un pequeño apartamento y un estudio muy cerca de la zona pesquera. Les extrañó al querer alquilarlo a tiempo indefinido con la condición de no ser él quien apareciera en el contrato, si no a nombre de unos laboratorios farmacéuticos españoles.

Físicamente lo describieron como un hombre maduro, de unos cincuenta años. Nada que ver con Alex. La cara de desilusión de Elisabeth, fue el detonante para que Ana se interesara por el alquiler de unas pequeñas casas provenzales rodeadas de olivos y árboles frutales. Por las fotografías se podía apreciar cómo eran casas de líneas sencillas de elegancia rústica y todas ellas amuebladas con materiales naturales, un sosiego visual, para unos ojos tristes como los de Elisabeth en esos momentos. No lo dudó, pidió que se las mostraran, incluso fantaseó con la idea de alquilar una para su luna de miel con Ramón. Sabía que Elisabeth desconectaría presenciando aquellas viviendas típicas de una estampa del sur de Francia. Pasaron el resto de la tarde con un apuesto y agradable agente inmobiliario, disfrutaron con cada visita como expertas decoradoras apreciando el color blanco en todas sus versiones. El estilo provenzal era el más admirado por Elisabeth, recordó como su apartamento en el Ampurdán reflejaba aquel espíritu afrancesado. Eran casi las seis de la tarde, cuando regresaron a la singular marítima cafetería, tomaron café y croissants, no hablaron de Alex en ningún momento, fue una charla distendida, recordando aquellas casas de gruesas paredes de piedra rodeadas de viñedos.

—Te diste cuenta Elisabeth, cómo te miraba Fabricio?

—¿Fabricio? ¿Qué Fabricio? —preguntó desconcertada.

—El apuesto argentino agente inmobiliario ¿De verdad, no te fijaste? Pero si estaba más pendiente de ti que de mostrarnos las casas. —Ana miró a Elisabeth con una gran sonrisa en sus labios.

—No es cierto Ana. —le devolvió la sonrisa. Son imaginaciones tuyas.

—Eres tú Elisabeth quien no tiene ojos más que para Alex. A mí me ha parecido un hombre estupendo, y por cómo te miraba, estoy segura que le gustas mucho. ¿Te imaginas enamorarte de él y vivir en Éze para siempre? ¿O tal vez una apasionante aventura?

—Qué tonterías dices Ana. —sus mejillas se sonrojaron. —No pienso tener ninguna aventura ni con Fabricio ni con nadie. Estoy aquí por Alex.

—Piénsalo, siendo agente, tendrías a tu alcance cientos de viviendas por visitar con él y sé que ello te pasionaria. —le guiño un ojo bromeando.

—Anda vamos, me apetece pasear por la playa antes de subir al hotel, y deja de fantasear con Fabricio. —dijo con una sonrisa.

—Está bien ¿derecha o izquierda? —dejó de bromear. En el fondo deseaba lo mismo que ella, encontrar a Alex.

—Derecha, iremos a Sur Mer Strand, una fabulosa playa muy cerca de aquí, es pequeña, con relieve rocoso y fantásticas aguas.

—¿Más fabulosa que la playa AlPas de Port de la Selva?

—conocía la respuesta de Elisabeth, ninguna playa era comparable para ella.

—Sabes que no ¿Por qué me lo preguntas, si sabes la respuesta?

—Le dio con la mano en el hombro, a modo de ironía.

—Porque sé que serías capaz de viajar hasta Australia y seguir añorando a tu querido paraíso del Pas.

—Has acertado ¿sabes? a unos amigos les pasó exactamente eso.

—¿Fueron a Australia, y no les gustaron las playas? ¡No me lo puedo creer…!

—Sí, después de muchas horas de vuelo, de mucho dinero gastado, no se atrevían casi a bañarse en esas playas, volvieron de vacaciones deseando ir al Port de la Selva. Se lamentaron de aquel duro viaje.

—¡Qué barbaridad! Los del Empardan, amáis tanto vuestra tierra, que hasta la tramontana os parece una suave brisa.

—Entonces no preguntes. —riéndose le contestó. —Ya estamos llegando a la playa en menos de cinco minutos nos tumbamos a ver el atardecer.

Contemplaron la inmensidad de aquel mar Mediterráneo, su orgulloso tono verde y azul daba paso a oscuros y rojizos colores. Un sol anaranjado iluminaba la bahía de una playa ya casi desierta. La suave arena era una invitación a tumbarse. Se acercaron a la orilla, sus pies acariciaron las frías aguas de aquel tranquilo mar. Disfrutaron de aquel atardecer como hacía muchos años atrás. Recordaron entonces, su viaje de final de curso escolar a Palma de Mallorca, más de treinta años separaban aquel idílico momento.

—Aun me acuerdo de nuestro viaje de la escuela Ana ¿Recuerdas cómo nos sentábamos a ver los atardeceres?

—Claro que me acuerdo, lo bueno de los atardeceres es que nunca son iguales. —Se nos está haciendo tarde, empieza a oscurecer. —susurró Elisabeth.—Ten confianza. —quiso animarla. —Es nuestro primer día a Éze, lo encontraremos.

— Lo estoy deseando.

Decidieron volver por otro camino, Fabricio les recomendó conocer la parte antigua del Puerto, pequeñas antiguas viviendas pesqueras, hoy modernos estudios y apartamentos, sé dibujaban en la costa rocosa, camino de Niza.

—Ana, a ti te gusta pintar, podrías hacer como aquel señor ¿Lo ves? Está encima de aquella roca.

—Sí, ya lo vi, desde luego es un paisaje absolutamente inspirador, tal vez mañana haga un boceto como recuerdo. —¿Nos acercamos? Espera un momento, Ana. —le cogió temblando su mano. ¡Es él Ana! Aquel pintor que está en la roca. ¡¡¡Es Alex!!!

—¿Estás segura?

—¡¡¡Sin duda!!! —gritó emocionada.

Ana se mantuvo unos metros alejada. Le pareció ver a un hombre maduro, los años sin duda le habían castigado. No le conocía personalmente, lo poco o mucho que sabía de él, era por las conversaciones con Elisabeth. Viéndolo, pudo entender como ella estaba tan enamorada. De aspecto varonil, moreno, alto y delgado. De aquellos pocos hombres que desprenden sabiduría y caballerosidad. Se apreciaba una serenidad en su semblante. De lejos se adivinaba en su lienzo un estremecedor y fantástico atardecer, solo un experto, podría pintar como lo estaba haciendo él. Se extrañó, jamás Elisabeth lo mencionó, su debilidad eran las letras según ella, desconocía si en realidad nunca lo supo Elisabeth. Se sentó, no quería entorpecer aquel ansiado y anhelado momento. Se preguntó porque Elisabeth se detuvo unos instantes, parecía que dudara, tal vez no era Alex. Sonrió y cerró fuertemente sus manos cuando la vio reaccionar.

Estaba muy cerca de él, le bastaría alargar su brazo para tocarle.

—¿¿¿Alex???

CAPITULO 22

Efectivamente, sentado en una roca junto a su caballete, allí estaba Alex con la mirada fija puesta en la línea que une el cielo con el mar. Absorto…entre sus dedos de una mano, ya temblorosa, sujetaba un cigarrillo que apenas se llevaba a la boca, se consumía y lo tiraba al quemarse cuando la brasa le alcanzaba la piel. Su corazón se aceleró hasta que parecía que iba a explorar. La tenía antes sus ojos, la hubiese dibujado mil veces de memoria, cada curva, cada rasgo estaba grabado en su memoria. Pero estaba resplandeciente, más guapa que nunca. Como un cuchillo penetra en las carnes, así sintió Alex que su cobardía y su traición le corroía las entrañas. Sin pensarlo, se fundieron en un apasionado abrazo. Sobraban las palabras. A Ana se le saltaron las lágrimas ante tal escena. No se acercó, se mantuvo a una discreta distancia, sabía que era un momento para la intimidad que no quería romper. Fue solo un instante pero Alex se sumergió en su atormentada mente. Cuántas veces había soñado con volver a ver esos ojos, eran más verdes que nunca. El paso del tiempo había sido una confabulación que la había hecho aún más bella sí cabe. Su personalidad se reflejaba en un rostro cargado de temple, de seguridad, aquellos labios rojo pasión, pusieron la piel de gallina a Alex.

Y recordó, sí recordó los buenos momentos, el amor que había sentido por aquella hermosa mujer .Fue más que un amor, fue un sueño hecho realidad. De pronto, separó su cuerpo del el de ella, volvió al mirarla a los ojos, y pensó... Cómo reaccionará cuando sepa toda la verdad. La perderé, estoy seguro, la trampa nos ha llevado a un callejón sin salida.

Estoy perdido, esto será el final… Maldita sea, el destino es cruel, nos lleva por derroteros no deseados. Somos marionetas de un teatro de guiñol, no elegimos nuestro papel en la vida, el poder es quien maneja los hilos y nos dibuja el futuro. No escribimos nuestro guion, otros lo hacen, cercenando nuestra libertad.

—¿Cómo has llegado hasta aquí, Elisabeth?

—Tus escritos me han traído hasta ti, Alex…

Alex no dejó de mirar a Elisabeth, a esos ojos que eran su luz y su vida. En su interior meditaba todo lo que pudo ser y lo que había sucedido desde la última vez que la vio.

 La abrazó de nuevo apasionadamente.

—Te hemos buscado por todo Éze

—¿Hemos? —preguntó sorprendido.

—Ana me acompañó, mira, es aquella chica rubia sentada en la roca. —hizo una señal para que se acercara. —Éramos antiguas compañeras de colegio…

—Hola Alex, soy Ana, encantada de conocerte.

—Ahora es Ana propietaria de Coffee &Books. —se apresuró Elisabeth.

—Sí, lo sabía.—dijo distraídamente.

—¿Lo sabias? —Ana le miró desconcertada.

—Bueno, algo escuché en una tertulia literaria a principios de verano.

—Cuando vuelvas a Barcelona, no te olvides de visitarme, estas invitado. —le sonrió.

Ana se despidió de ellos, cogió un taxi y se dirigió sola al hotel. Todavía no podía creer que finalmente lo encontraran, por los ojos de Alex estaba convencida que aquel viaje no había sido en balde.

Alex decidió recoger todos sus enseres, reservó su lienzo bajo una sábana blanca y guardó todos sus pinceles y colores en un gran estuche de pinturas.

—Nunca me dijiste que te gustaba pintar.

—Sí, me gusta, pensé que te lo había dicho. Ven, sentémonos en la arena. ¿Has visto alguna vez un atardecer como este Elisabeth? es casi perfecto

—¿Casi? ¿Qué debería tener para ser perfecto?

—¿Sabes? —no quiso responder a su pregunta. —Tengo muchísimo hambre ven, te invito a cenar. —esta vez no la miró a los ojos, sin contestarle le tendió su mano y se dirigieron a un sencillo bar cercano.

—¿Te parece bien aquí, Elisabeth? No puedo andar muy lejos con las pinturas.

—Si claro, por supuesto. —se sorprendió adonde la había llevado, era un bar típico de pescadores, de aquellos que en pocas ocasiones una mujer cruza su puerta. Aún siguen existiendo este tipo de lugares donde la desigualdad se manifiesta. Se sintió incomoda desde el primer momento. Todo hombres, calculó unos cincuenta, ninguna presencia femenina. Muchos ojos se clavaron en ella, algunos más perversos que otros. Elisabeth era de esas mujeres que con los años adquieren más encanto y atracción. No se atrevió a sentarse en la barra, maldijo el vestido que había escogido aquel día, demasiado corto, pensó…

—¿Una cerveza?

—Sí, está bien ¿Recuerdas cuando nos tomábamos nuestras cervezas en aquel bar, cerca de tu estudio, Alex?

—Claro que me acuerdo, me entregaste tus primeras líneas de Aura de Mujer escritas en papel. ¿Sigues haciéndolo? Me refiero a escribir en papel. Como cuando lo hacías en tus inicios. Guardé durante muchos años aquellos escritos, al principio siempre los llevaba conmigo. Llegué a leerlos infinidad de veces, todavía los conservo.

Elisabeth agradeció aquellas palabras, su reencuentro con Alex, no estaba yendo como ella idealizó. Le hubiese abrazado allí mismo, pero seguía sintiéndole lejos de ella, y las circunstancias del lugar tampoco lo favorecían.

—No, dejé de hacerlo. Siempre escribo en ordenador. Todavía conservo el tuyo. Allí tengo guardado nuestros inicios con Aura de Mujer y los personales que incansablemente me enviabas todos los días. Conservo todos tus mails Alex.

—Si, tomaremos dos cervezas y dos bocadillos de tortilla, Antonio. —la miró sonriendo. —¿Te parece bien?

—Para mí sí, está bien gracias.

—Antonio, te presento a Elisabeth una amiga de Barcelona.

—¿Elisabeth? Precioso nombre, no me había dicho Alex que tuviera una amiga tan guapa ¿Conoces Éze?

—No, es la primera vez que lo visito. —respondió muy fría.

—Entonces, si quieres, puedo enseñarte algunos rincones de Éze antes de que te vayas.

—No he dicho que vaya a marcharme. —seriamente le contestó.

—Alex, por favor, ¿podemos sentarnos en una mesa?

—Si claro, vamos. Antonio nos sentamos en aquella de allí al fondo…

La cena transcurrió distante, ningún acercamiento por parte de Alex. A Elisabeth le pareció hasta incomoda en algunos momentos. Veía a un Alex diferente, frío., muy lejos de aquel hombre que se desvivía por ver sus ojos, pocas veces la miró.

Insistió en preguntarle por sus libros, por su seudónimo, pero sus respuestas le parecieron todas que carecían de sentido. Intentó ser lo más cercana posible pero solo veía a un Alex desconocido.

—Me separé de Ernesto. —quiso hacerle reaccionar. —Ahora vivo sola.

—¿Y qué tal?

—¿Y qué tal? Pero ¿Qué te pasa Alex? He recorrido muchos kilómetros para verte, te he buscado por todas partes, he leído cientos de veces tus poemas intentando encontrar algo, alguna pista que me condujera hasta ti, Ana me ha ayudado en todo momento, ha dejado a su prometido con los preparativos de su boda por acompañarme hasta aquí, he dejado de escribir mi nuevo libro por ti, para reencontrarnos, te digo que me separé de Ernesto y tu respuesta es tan solo un ¿Y qué tal? ¿¡Eso es todo lo que tienes que preguntarme!?

—Lo siento Elisabeth, tienes razón, te pido que me disculpes. No lo sé, no te esperaba, tal vez necesite tiempo para asimilarlo. Son muchos años ya sin ti, me acostumbre a tu ausencia.

—Pero entonces ¿Todos esos escritos, poemas, reflexiones eran para mí? ¿O no? Ya no sé qué pensar, puedes decirme la verdad como hacíamos antes ¿Te acuerdas? No había secretos para nosotros, hablábamos con total libertad de cualquier tema, sabes muchas cosas de mí, que jamás he contado a nadie, ni en mis años de matrimonio con Ernesto llegué a tener tanta confianza como contigo.

—Sí, eran para ti Elisabeth, todos aquellos escritos publicados eran para ti... mi musa... mi total inspiración. Pero ahora que te tengo aquí necesito tiempo para asimilarlo, mañana estaré mejor, te lo prometo.

—Sigues sin convencerme, será mejor que terminemos aquí la cena ¿Sueles pintar en el mismo sitio, donde te encontré?

—Si, allí estaré mañana a la misma hora. —le contestó bajando la mirada.

Elisabeth se levantó y se fue. Ni un beso, ni un abrazó. Segura de sí misma, salió del bar, cogió un taxi, y se dirigió al hotel, deseaba llegar y comentar con Ana el fracaso de aquel tan ansiado y ahora triste reencuentro.

CAPITULO 23

Eran más de las once de la noche, no quiso despertar a Ana, deseaba hablar con ella impacientemente, le hubiese reconfortado unas palabras de ánimo. Pero no lo hizo, pensó que al día siguiente tendría tiempo suficiente para hablar con ella, Alex no la esperaba antes de las seis. Procurando no hacer ningún ruido, salió a la terraza de la habitación, en sus manos un lápiz y un cuaderno, como siempre había hecho cuando lo necesitaba.

Reconstruyó y analizó todo cuanto había sentido apenas seis horas antes de aquel descalabro de sentimientos que ahora albergaba. La actitud de Alex andaba muy lejos de lo que ella imaginó cientos de veces. Repasó mentalmente muchos de los escritos que fueron los artífices de aquella locura incansable de buscarle.

No encontró ninguna respuesta para comprender el desinteresado cariño que le demostró. Su semblante frío le pareció un insulto hacia a ella. En un principio pensó en desaparecer sin despedirse de Alex, a la hora que él la esperaba ya estaría en Barcelona. Los días posteriores no fueron muy distintos, pasaron cinco días desde aquel primer encuentro, sin ningún atisbo de comunicación. Alex sintió la necesidad de expresar sus sentimientos, como de costumbre escribió una reflexión para sí mismo:

"El ser humano tiene en su esencia dos tipos de valores, unos son valores supremos y otros valores accesorios. Cuando un hombre se empareja con una mujer, esa unión puede ser o convertirse en uno de esos dos tipos de valores. Las posesiones materiales son valores accesorios, las posesiones espirituales son valores supremos.

El amor en su sentido más integral, es un valor supremo, tal vez el mayor valor que puede tener el ser humano. En este momento yo siento que estoy en posesión de un valor supremo, ese valor eres tú. ¿Por qué? Pues porque en realidad no hay posesión simplemente estás ahí de forma voluntaria, con tu libertad intacta, nadie, y mucho menos yo debe tener derecho a limitar la libertad de nadie. Nuestro amor es libre porque nos mantiene juntos como una unidad y a la vez respeta la libertad de cada uno. No hay sometimiento, hay entrega. Y yo te entrego mi amor. Siento que estas prendida en mi alma y me la acaricias, y yo me muero por acariciar la tuya. No cabe duda que mi sentimiento contigo es de libertad. Y cuanto más libre me siento más cerca de ti me encuentro. Y quiero estar contigo, adoro estar a tu lado, verte reír me da la vida, verte soñar alegra mi alma. Verte simplemente me hace sentir felicidad. No tengo miedo ni a la vida ni a la muerte si te tengo a mi lado".

Qué misterioso secreto guardaba Alex…

—Me esperan a las ocho en punto en Coffee & Books, si cojo el primer tren directo a Barcelona llego de sobras. ¿Pero estás segura Elisabeth? Puedo convencer a Ferrán para ausentarme un par de días más

—Estaré bien Ana, ya son muchos días sin ir por la cafetería, Ferrán y Sonia te necesitan también. No te preocupes por mí, necesito aclararme, me irá bien estar sola. Me he propuesto irme de Éze cuando descubra al verdadero Alex.

—Elisabeth, te pido que estés serena, que aceptes la realidad sea cual sea. Han pasado cinco días desde que lo vimos por primera vez pintando en la playa, la misma escena se ha repetido siempre. Dices que en ningún momento Alex se ha mostrado atento contigo, no ha habido acercamiento, ni tan siquiera un beso en los labios. ¿Entonces? ¿Qué esperas de él?

—No lo sé Ana, pero no puedo irme así, me conozco, no pararía de darle vueltas. Necesito entender el porqué de su rechazo. Fue él quien ideó esta absurda estrategia de llamar mi atención través de sus libros, consiguió que viniese hasta Éze, realmente pensé que él me quería. Pero ahora, pienso que todo ha sido un simple juego.

—¿Un juego? ¿Crees que todo ha sido una invención?

—Es la única respuesta que encuentro. La primera vez que nos separamos fue porque me asuste al ver todos nuestros mensajes grabados, se excusó con que le servía para llevar un orden en su guion para nuestros inicios con Aura de Mujer. Me asusté y allí terminó nuestra relación, desapareció sin más.

—Esto no me lo habías contado Elisabeth. —la miró preocupada. —Puede que tengas razón y esté jugando contigo para inspirarse.

—Sí, pero no logro entender porque en Barcelona sé mostro atento y agradable conmigo. Tampoco ese día intentó un acercamiento, pero pude leer en sus ojos cuanto me deseaba.

—¿Y no te pareció extraño que supiera que yo era la nueva propietaria de Coffee & Books? Dijo que lo escuchó en una tertulia literaria aquí en Éze, podría ser, pero me parece sorprendente ¿No te parece?

—Ana, yo no lo veo tan extraño, no vayamos ahora a analizarlo todo.

—Está bien, termino de hacer la maleta y me voy. ¿Sigues pensando que quieres quedarte aquí sin mí?

—Si, totalmente convencida, me iré de Éze con o sin él, pero con la verdad

Un taxi la esperaba, Ana se fue aquella misma noche. Pensó en llamar a Elisabeth nada más llegar a Barcelona, su estado de ánimo sé reflejaría en su voz.

Tras la reflexión Alex no puede resistirse, su corazón manda sobre su cabeza, se desprende de todo aquello que le aprisiona y bloquea sus verdaderos sentimientos. Sin pensarlo más se dirige al hotel donde se aloja Elisabeth. Poco antes de acceder mira hacía arriba, lee el luminoso, sonríe y mueve la cabeza como diciendo... increíble. Al entrar en el vestíbulo mira hacia los lados, realmente parece un paraíso, nunca había estado en el distinguido hotel. Se dirigió al mostrador de la recepción, allí estaba la singular maître Veronique.

—Bon soir, monsieur.

—Bon soir, madame, je m'apell...

—No se preocupe puede hablar en español.

—¡Ah!, perfecto, soy Alex Reinado, pregunto por Elisabeth Espríu, soy amigo suyo.

—Attand, si vous plai.

Alex giró la mirada y volvió a observar los exquisitos detalles de aquella instalación hotelera.

—Monsieur, habitación 113, le esperan.

—Merci beaucoup madame.

Se apresuró hacia los ascensores pulsó el botón de llamada, varias veces, para asegurarse de que el elevador respondía a su petición.

En menos de dos segundos se abrió el ascensor, un sonido de campanilla grave aunque seco anunciaba que estaba allí para cumplir su función. Durante el trayecto de subida Alex se miró al espejo, cerró los ojos y dijo, —Dios mío. En un instante alcanzó su destino, de nuevo la campanilla anunció la llegada al piso seleccionado. El corazón de Alex se había acelerado considerablemente, Sus manos medio temblorosas alcanzaron la puerta de la habitación 113, con los nudillos dio dos sutiles golpecitos, mientras miraba a uno y otro lado del pasillo. Tal vez transcurrieron tres o cuatro segundos, para él fue un siglo.

De pronto se abrió la puerta, y ahí estaba antes sus ojos la que fue la más bella que había conocido jamás.

Ambos se miraron fijamente a los ojos, sin mediar palabra, y ni siquiera sin tiempo para pensar ambos se fundieron en un gran abrazo, sus labios se buscaron con una verdadera sensación de añoranza. Se besaron apasionadamente, un beso que parecía intentar borrar todo un pasado de sufrimiento. Elisabeth reaccionó de inmediato, la puerta seguía abierta, la cerró, y cogiendo de la mano a Alex, le trasladó hacia el borde de su cama, allí sentados volvieron a cruzar sus miradas. Lo que vino después... formará parte siempre de su más estricta intimidad.

—Debo irme Elisabeth. —la miró profundamente a los ojos.

—¿Ya? Espera un momento, deberíamos hablar. Estos días te sentí muy ausente y ahora...

—De verdad Elisabeth, tengo que irme. —la interrumpió.

—Está bien, solo quería...

—Nos vemos en un par de días. —volvió a interrumpirla.

—¿En un par de días? —incrédula le contestó.

—Sí, bien, estoy liado en una obra, necesito concentrarme.

—Todavía no sé dónde tienes tu estudio. Me gustaría conocerlo. Se hizo un prolongado silencio, ¿Alex? ¿Me escuchas?...

—Sí, bueno, ahora mismo estoy reformándolo, ya sabes, paredes, baño...

—¿Y puedes concentrarte con tanto ruido? —le preguntó desconfiada. Por un momento le recordó estar viviendo algunas de las recientes conversaciones en que Alex no contestaba a sus preguntas con sinceridad. —Me pides espacio a mí para no interrumpir tu concentración en el estudio, ¿¡Y tienes trabajadores reformándolo!?

No le contestó, se vistió rápidamente, cogió sus cosas y la miró a los ojos.

—Te quiero. —le susurró.

Cuando quiso reaccionar Alex ya se había ido. Elisabeth se dirigió rápidamente a la terraza de su habitación, le vio marcharse a gran velocidad corriendo por la calle principal del pueblo. Pensó que su estudio podía estar cerca, no le creyó, no podía estar en reformas, más bien le pareció una mentira. Alex aturdido, dio un rodeo por las calles del pueblo, miraba hacia atrás, asegurándose de que Elisabeth no le siguiese. Al llegar al estudio.

—Maldita sea, ¿qué estoy haciendo? Lo que más quiero en el mundo, y tengo que renunciar a todo. Maldito Ernesto, odio tu asqueroso dinero, me obligaste a fraguar esta farsa, solo por averiguar lo que de sobras deberías saber. Me hiciste abandonar mi país, con tu soborno cercenaste mi libertad, Éze es un paraíso, en cambio para mí es una cárcel, un destierro forzoso. Y sobre todo la traición, me obligaste a traicionarla, y a traicionarme a mí mismo. A veces me pregunto, ¿Quién inventó la traición? Seguro que fue en el infierno, ¿dónde si no? La traición es como un bumerán con efecto retroactivo.

La traición traiciona al traidor, sí, es un suicidio mental. ¿Quién desea ser traidor? ¿Cómo se puede vivir sabiendo ser quien traiciona? La verdad y la mentira conviven en nuestros pensamientos y sentimientos. El desajuste del equilibrio entre los principios vitales nos conduce al abismo existencial. El traidor sabe que lo es, vivirá siempre a caballo de su enredo mental y cabalgará a lomos de su mentira .Eso no es vivir, eso es morir, poco a poco el alma reclamará el equilibrio de los principios vitales.

Si eres traidor estás muerto. Y yo Elisabeth estoy muerto.

Hay momentos en la vida en que nos hacemos muy pequeñitos, somos capaces de vender el alma al diablo. Vender lo más grande que tenemos por dinero es el mayor fracaso de nuestra existencia. De qué nos sirve un amor hipotecado por el soborno que aceptamos para sobrevivir. Mis pinturas denotan últimamente un desequilibrio que hasta yo mismo puedo ver. No vendo ni un cuadro, parecen la obra de un fracasado. Tal vez sea eso, sí soy un fracasado, fuera de mi país, mantenido por un acaudalado que aprovecha mis miserias, que me borra la inspiración para mis cuadros, mis letras y lo peor, me roba a mi amor. Triste desdicha que me tiene en esta jaula de oro, pero vacío, y con la esperanza rota. Es momento de apagar mi sed, lo haré con esta botella de Ricard que es lo que tengo a mano. No sé si ha sido un sueño, o es algo que se parece mucho. Estás tan cerca que se disparan todas las alarmas, la energía de atracción es tan fuerte que necesito contrarrestarla con todas mis fuerzas, de lo contrario, cometería una locura. La sangre galopa por mis venas para evitar un colapso en mi corazón que palpita a un ritmo infernal y que parece que esté atravesado por un puñal. Un nudo en la garganta, me impide articular palabras con nitidez. Apenas puedo respirar.

Me tiemblan tanto las manos, que estoy como para ir a robar panderetas. Las ideas, las fantasías, las pasiones y los deseos circulan entremezclados como en un carrusel sin frenos, atravesando las fronteras del consciente y el inconsciente. Rozo tu piel y recibo una descarga electrizante que alcanza hasta el último poro de mi piel. Me duelen todos los huesos, el sistema nervioso simpático se activa. Intuyo que he tenido un episodio de síndrome de abstinencia, y si es así, está claro que tengo una dependencia. Las fantasías, los deseos, las pasiones y la magia, se podrían resumir a solo una palabra de cuatro letras. Ahora no sé, si desperté o ya estaba despierto. No lo sé…

—Hola, Ana ¿Estás ocupada?

—Elisabeth! Son las seis de la madrugada ¿Ocurre algo?

—Necesitaba hablar contigo, sé que abres Coffee &Books a las siete ¿Puedes hablar?

—Si claro, te noto preocupada… dime…

—Es Alex, anoche vino por sorpresa al hotel, estuvimos juntos

—¿Juntos? ¿Y dónde está el problema? —se rio.

—Intuyo que me esconde algo, no es transparente Ana, esta tarde estuve a punto de dejarlo todo y regresar a Barcelona, se mostró una vez más tirante y hasta grotesco cuando nos vimos apenas dos horas antes de venir al hotel. Parecía que le incomodara estar conmigo en la playa mientras pintaba, no dejaba de mirar de un lado a otro, como si estuviera esperando a alguien. No me miraba a los ojos solo un incansable gesto a su reloj. Pintaba su cuadro, sin ningún control, le pregunté por qué solo pintaba y había dejado de escribir. Me dijo un seco "cosas mías", nada más. Cuando apareció por la noche en el hotel era otra persona. Era el Alex del que yo me enamoré, por el que estoy aquí en Éze. Cariñoso, encantador, pasional…era el Alex que yo conocía. Pero cinco minutos antes de irse volvió a mostrarse distante, no ha querido decirme dónde está su estudio. Se fue sin poder despedirme.

—Pregunta por el pueblo, por el estudio, tal vez no lo conocieran por escritor pero sí por pintor. Me da a mí que esto de pintar no es solo un pasatiempos.

Esta vez se vistió con un corto vestido negro, le hacía resaltar el tono dorado de su piel, sus labios rojos, como siempre que deseaba sentirse segura de sí misma, pelo recogido en un moño alto, unas grandes gafas de sol y un collar gargantilla de diminutas perlas, regalo de Ernesto por el nacimiento de Pau. Hizo un último sorbo a su café, dejó marcada su huella de pintalabios, se le escapó una sonrisa, recordó como a Alex le gustaba ese gesto cada vez que tomaban juntos un café. Se dirigió al centro del pueblo, recordó ver una pequeña tienda con grandes estuches de pinturas en el escaparate.

Preguntó por el estudio de Alex, los dos dependientes coincidieron en una misma dirección. Av. des Diables Bleus 7.

Subió a buscar su coche, aquellos zapatos altos de tacón, no le permitían andar cómodamente por las calles adoquinadas de Éze. Calculó una distancia de poco más de un kilómetro desde el hotel al estudio, en menos de diez minutos llegaría hasta él. Era la primera vez que circulaba por aquella avenida, le pareció de nueva construcción, todos los apartamentos y locales no tendrían más de cinco años, si era cierto que allí se encontraba su estudio no veía razón para una reforma integral como le hizo creer Alex. Número 7, única planta baja. Una robusta puerta negra con gráficos dibujados. En el centro una simple placa: Atelier d'artiste Alex Reinado, no había ninguna duda, era el estudio de Alex pensó. Llamó un par de veces sin recibir contestación, sabía que él podría ver quién llamaba, una cámara de vigilancia la enfocaba directamente.

Insistió varias veces, al fin la puerta se abrió. El contraste de la oscuridad del local, con la claridad del sol procedente de la calle la cegó por unos instantes.

Recuperó la visión lentamente, a su alrededor grandes lienzos, algunos podían llegar a medir más de tres metros de altura, medianos y pequeños cuadros yacían sobre las paredes. Una diversidad de dibujos con múltiples tonalidades, colgaban desde altos techos por finos alambres a modo de escala de Pantone. Cientos de botes de pintura, todos ellos ordenados cronológicamente por tamaños, y un amplio espacio central con infinidad de muestras abstractas. Era sin lugar a dudas un estudio de pintor.

CAPITULO 24

—¿Hola? ¿Alex? —le llamó con voz entrecortada… Un silencio absoluto. —¿Alex?

—Elisabeth ¿Qué haces aquí? No te esperaba. —fríamente le contestó.

—¿Es este tu estudio? —preguntó desconcertada.

Alex permanencia en lo alto de un altillo, todavía llevaba la misma ropa de anoche, su aspecto desaliñado y sus brillantes ojos denotaban cansancio, casi no se mantenía en pie, su tono de voz y sus gestos eran propios de haber bebido demasiado.

—¿Estás borracho Alex?

—No lo creo, solo me he tomado una botella de Ricard. Mientras lo decía se tambaleaba en el mismo borde de la escalera.

—Por favor Alex, deja que te ayude, voy a subir contigo al altillo, no estás en condiciones de bajar hasta aquí.

—¿¡Por qué te preocupas tanto por mí, Elisabeth!? —le gritó.

Elisabeth no le hizo caso, subió por las escaleras. Entendió que había sido una noche de contradicciones para él. Conforme subía los peldaños trataba de esquivar un sinfín de escritos arrugados. Imaginó que era el resultado de una falta de inspiración, él sí estaba acostumbrado a escribir sobre papel sus sentimientos, muchas veces se lo confesó, un buen escritor es aquel que escribe sobre papel solía afirmar dando por enemistada su relación con ordenadores. Estaba claro que aquella noche tampoco entabló buena amistad con sus preciados papeles. Le pareció ver una puerta al fondo a la derecha, se dirigió a ella para comprobar si era un baño con ducha, acertó, no se lo pensó, agarró a Alex como pudo y lo desnudó.

—Ahora no, Elisabeth, no puedo ni conmigo —se le escapó una carcajada.

Ella se contagió de su risa.

—No, bobo, voy a ducharte en agua fría. ¿En qué estabas pensando?

Lo levantó con todas sus fuerzas y le acompañó hasta el baño. Abrió el grifo, la temperatura del agua era tremendamente fría, primero la cabeza, y después todo su cuerpo.

—¡¡ Estás loca!! ¡¡Está helada!! —reía sin parar.

—¡¡Oh!!¡¡ Estás mojándome mis fabulosos zapatos!!

 No podían parar de reír los dos juntos, parecía que Alex había dejado atrás aquella desconsolada y alocada noche de arrepentimientos.

—Anda vístete. —le mandó cariñosamente…

— Ahora que estoy sereno y desnudo ¿Quieres que me vista?

—seguía riéndose.

—¡Lo que necesitas ahora mismo es un café bien cargado! —le tiró la toalla guiñándole un ojo —¿Tienes cafetera?

—Si, abajo está la cocina, si buscas en lo alto del armario todavía hay algún paquete de Coffee& Books.

—¿En serio? No me lo puedo creer.

—Aun los conservo, fíjate que no estén caducados, hace ya mucho tiempo que están ahí.

—¿Alguna sorpresa más en tu cocina? —bromeó.

—Sí, vigila no encuentres algún león ¿Recuerdas mi obsesión con los leones? Sigo pensando que es el animal más maravilloso de la selva

—Tú sí que eres un león. Venga te espero abajo en la selva —le pellizcó en la mejilla.

Preparó el café. Mientras esperaba a que saliera, se entretuvo mirando todos aquellos fantásticos cuadros, unos más coloristas que otros, se podía apreciar diferentes estados de ánimos en ellos. Oyó los pasos de Alex tras de sí… —se giró de golpe.

—Gracias Elisabeth, ahora estoy bien, siento mucho que me hayas visto en esas condiciones. Ha sido una noche difícil para mí.

—No tienes que darme las gracias, pero sí tengo muchas preguntas que hacerte, y quiero que seas sincero con tus respuestas.

—Oigo el café, vamos a la cocina. ¿Quieres uno?

—Si por favor. —Un primer sorbo.

—Sigues haciéndolo… dejar tu marca de pintalabios rojo en la taza.

Intuyó que se fijaría, lo hizo expresamente, intentó apoyar sus labios con fuerza para dejar huella. Sabía cuánto le gustaba.

—¡Ah! ¿Mis labios? —preguntó con ironía. —sigo utilizando el mismo tono de rojo.

—Lo sé, hace resaltar tus ojos. Estás muy guapa Elisabeth.

—Gracias, no puedo decir lo mismo de ti, cuando te vi esta mañana.

—Te pido disculpas de nuevo. Es la primera vez que lo hago, no bebo nunca tanto, me descontrolé. Tenía que haberme ido a casa y en cambio me vine aquí, a mi estudio, me apetecía escribir. Me tomé una copa y...

—Y por lo visto, fue más que una copa. —le interrumpió. ¿Por qué nunca me dijiste que eras pintor? No entiendo porque me lo escondiste.

El semblante de Alex cambio radicalmente, el hombre risueño de hacía unos momentos desapareció. Su aspecto era ahora el de un hombre arisco. No contestaba a su pregunta.

—¿Vas a tomar más café? —le preguntó muy seco.

—No gracias ¿Por qué no me contestas? ¿Te he hecho una simple pregunta? Quiero saber que hay detrás de todos estos cuadros ¿Son todos tuyos, eres pintor en realidad? —Un nuevo silencio antes de contestar.

—Elisabeth, tengo que irme, me esperan en el centro a las doce, si quieres ya mañana nos vemos.

—¡¡No Alex!!¡¡Tenemos que hablar!! ¡¡Maldita sea!! —gritó.

—¡¡No puedo contestarte!!

—¿¡Pero, por qué!? ¿¡Qué es lo que escondes!? —le contestó ya harta de tanto misterio Su tono de voz era cada vez más elevado, perfectamente les podría estar escuchando algún vecino, le indignaba esa falta confianza.

—¡¡¡No puedo!! —gritó nuevamente. —¡No puedo contestarte! —Le repitió.

—Pero… ¿De qué tienes miedo, Alex? desde que he llegado a Éze te muestras diferente, no pareces tú cuando nos vemos en la playa. ¡Anoche fuiste el Alex del que yo me enamore! estos días atrás no, y ahora vuelves a ser un desconocido para mí. Quiero la verdad, de lo contrario me iré hoy mismo a Barcelona.

—¡¡¡Está bien!!! —la miró a los ojos. —¿Quieres saber la verdad? ¡¡¡Te aseguro que no te va a gustar!!!

—¡Me estás asustando! ¡¡Será mejor que me vaya!!

—¡¡No!! —la interrumpió. —Ya está bien de mentiras necesito contarte la verdad, por favor.

—¿La verdad? ¿Qué verdad, Alex?... No entiendo nada...

—Elisabeth para mí es muy difícil explicártelo todo, sí es verdad, soy pintor, siempre lo he sido, aunque mi principal profesión fue ser escritor, mi inspiración la reflejaba en mis dos pasiones, las letras y la pintura. Pasaba por un mal momento económico y acepté trabajar temporalmente en el colegio, y no me arrepiento en absoluto, gracias a ese trabajo te conocí. Eres lo mejor que me ha pasado en la vida. Te adoro, Elisabeth, nunca he dejado de hacerlo.

—Pero ¿Esconderte de ser pintor? Creo sinceramente que me estás mintiendo.

—No, no te miento, todos estos cuadros son míos, en toda mi vida he pintado muchísimas obras, unas más comerciales que otras, es cierto, pero podía mantener mi estudio en Barcelona

—¿Tu estudio? ¿Tu estudio de escritor? Recuerdo ver muchísimos libros, pero cuadros no había ni uno.

—Es que aquel no era mi estudio, nunca lo fue, aquellos libros no eran míos.

—¿¡No era tu estudio!? —le preguntó sorprendida. —¿Y tus escritos, nuestro inicio de Aura de Mujer?

—Aquellos relatos sí eran míos y solo el principio de Aura también.

—¿Me estás tomando el pelo? ¡¡¡Me voy, no quiero oírte más!!! ¡¡¡ Empiezo a pensar que estás loco!!! —gritó.

Se dirigió hacia la salida. Alex se quedó sentado en la mesa de la cocina, no hizo ningún gesto para detenerla.

—¡Me voy a Barcelona, Alex! ¡No debería haber venido nunca a Éze!

—¡¡¡ Ha sido Ernesto!!! —gritó Alex, dando un fuerte puñetazo en la mesa.

CAPÍTULO 25

Estaba aterrada, veía a un hombre enloquecido, ignoraba si aquel despropósito de afirmaciones era por los efectos de haber bebido demasiado o tal vez escondía al verdadero Alex. Escucharle disculparse por culpa de Ernesto, le pareció intolerable.

—No te vayas por favor. Déjame que me explique. Me está haciendo mucho daño esta situación, no puedo soportarlo más, por él bebí anoche hasta emborracharme, tuve miedo Elisabeth.

—¿¡Pero qué está pasando!? —le preguntó dudando. ¡¡¡Que tiene que ver Ernesto!!!

—Encontró el primer libro que te regalé, repleto de poemas y reflexiones, lo tiraste, más tarde me lo confesarías ¿Te acuerdas?

Elisabeth no le contestó, seguía justo al lado de la puerta, notó como su cuerpo temblaba

—Quiso saber hasta dónde estabas dispuesta a llegar por una infidelidad. Es él quien tras encontrar nuestros primeros escritos, organizó esta historia de mentiras y traición ¡Fue él quien orquestó esta farsa para no perderte!

Quiso acercarse a ella, pero se mantuvo distante, necesitaba ya por fin explicarle todo el descalabro dirigido por Ernesto.

—Alex ¿Me estás diciendo que todo ha sido una mentira? —le preguntó con lágrimas en sus ojos.

Casi no se mantenía en pie, se sentó al borde de una pequeña mesa, le miraba a los ojos, quería saber si era verdad todo lo que le decía.

—No, todo no, yo me enamoré de ti, estaba y estoy ¡Sí, lo estoy! loco por ti. Ernesto se obsesionó, sabia de mi amor por ti, indagó y descubrió mi verdadera profesión, primero de escritor, más tarde de pintor.

—¿Y todos tus poemas y escritos que me mandabas eran tuyos?

—Si claro que sí. El sé aprovechó de ello, me obligaba a escribirte, pero en todos mis escritos yo era sincero, eran mis verdaderos sentimientos hacia ti.

 —¡¡No te creo Alex!! Ernesto no es capaz de hacer tal barbaridad ¡¡Es el padre de mis hijos!! ¡¡¡Creo que eres tú quien no está bien!!!

—¡¡¡Te equivocas!!! ¡¡No sabes de qué es capaz Ernesto!! El estudio lo alquilo él, todos aquellos libros fueron comprados para que tú no sospecharas, aquellos escritos de Aura de Mujer nunca los escribí yo, tan solo las primeras páginas el resto era Ernesto quien los escribía, quería tener el control a través del libro. Era él quien me hacía guardar todos los mensajes y mails de todas nuestras conversaciones, quería satisfacer sus ansias. Te vio salir del estudio corriendo con el libro el día que lo descubriste ¿recuerdas? subió después de ti, tuvimos una fuerte discusión.

—¡¡No te creo, no puede ser cierto!!

—¡¡Elisabeth, debes creerme!! El mismo día de tu cumpleaños vino a buscarme indignado, su plan de seguir espiándote a través de los escritos ya no le servía, por eso te entregó el libro. ¡Me apartó de ti obligándome a marcharme del estudio! Ideó una estrategia para llevarme hasta aquí a Éze. Por ello se largó el 8 de septiembre, el mismo día de tu cumpleaños de vuestra casa. Y ahora todo está en sus manos, mi honor ya no existe.

Elisabeth, miraba a Alex sin mediar palabra, no podía creer todo lo que estaba oyendo. Empezó a llorar, Alex intentó esta vez acercarse a ella para tranquilizarla.

—No por favor, no te acerques a mí.

Entendió que no quisiera, se detuvo, aun les quedaba cosas por esclarecer, no quiso que se marchara, se alejó incluso un poco más.

—Dices que te envió aquí a Éze, pero hay algo que no comprendo Alex. Si yo he llegado hasta aquí fue por tus publicaciones de Emilie Dupont. Yo ya estaba separada por aquel entonces. —le costaba hablar, sus palabras eran entrecortadas, se sentía sin fuerzas para asimilar toda aquella presunta psicosis de Ernesto por ella.

—Y nunca lo aceptó Elisabeth, enloqueció, por eso tuvo la inventiva de hacer aquellas publicaciones, quería comprobar si tú y yo nos queríamos de verdad, si después de tantos años aun seguías pensando en mí.

Elisabeth reaccionó sacó fuerzas de donde pudo, se puso en pie y mirándolo a los ojos le gritó.

—¡¡Pero tú también eres cómplice de esta salvajada!! ¡¡Lo has permitido todo!! ¿Por qué lo hiciste?

—Por dinero

—¿¡Por dinero!? —le preguntó atónita.

—Sí, hacía tiempo que no vendía mis libros ni pinturas, con mi trabajo en la escuela no podía mantener mi estudio, necesitaba dinero si quería seguir manteniendo alguna de mis profesiones, elegí la pintura, no precisaba tanta inspiración como con la escritura. Ernesto se aprovechó y me ofreció una suma importante de dinero a cambio de cortejarte, el resto de la historia ya la sabes.

—¿¡Ya la sé!? ¿¡También te pagó por acostarte conmigo anoche!? —se acercó a él mirándole fríamente a los ojos. —¡¡Eres un miserable Alex!! ¡Me arrepiento tanto de haberte conocido! has jugado conmigo todo este tiempo por dinero, no has tenido en cuenta mis sentimientos, te has burlado y aprovechado de mí, me hiciste creer que yo era importante para ti, dijiste que me querías, que me adorabas, que creías en mi para Aura de Mujer, mostrabas admiración por mi progreso, y ahora, descubro que todo ha sido una mentira. Un engaño pagado con dinero por un loco y obsesivo ex marido.

—¡Eso no es cierto, Elisabeth! Siempre te he amado, he creído y te he admirado, ¡Siempre! Aceptaba su dinero porque lo necesitaba pero eso no hacía cambiar mis pensamientos hacia ti. Ernesto no sabe que anoche estuvimos juntos, fui a verte porque no soportaba más esta mentira, te quiero, me da igual su dinero. ¡¡ Te quiero a ti!! Por eso me emborrache, salí corriendo del hotel, temía que me viera. Empecé a beber sin control al tiempo que escribía, pensé en contártelo todo por escrito. No puedo soportarlo más. Ernesto nos ha estado vigilando estos días, sabía que nos encontrábamos al atardecer en la playa, por eso no me acercaba a ti. Nos ha estado espiando Elisabeth. Hablé con él antes de subir a verte, le dije que estaba pintando. No me pareció que dudara de mí. Yo necesitaba estar contigo, no podía soportarlo más. Comprendo tus dudas, pero debes creerme, Ernesto es capaz de cualquier cosa por recuperarte ¡¡Cualquier cosa!!
Elisabeth no podía parar de llorar mientras le escuchaba con atención, sus pensamientos eran un contrasentido.
—Está bien, vamos a tranquilizarnos, no puedo irme de aquí así Alex, necesito saber toda la verdad.

—Por supuesto, dime ¿Qué quieres saber? Ahora ya no hay motivos para esconderme.

—Empezaremos por el principio. Dices que Ernesto alquiló y adecuó el estudio con la intención de espiar nuestros encuentros. Recuerdo como presumiste el primer día que subí de tu amplísima colección de libros ¿Era eso mentira, no eran tus libros?

—Algunos sí, tal vez unos mil, tres de ellos publicados por mí. Todos los demás fueron comprados por Ernesto. Aun dedicándome a la pintura, siempre me ha gustado leer y escribir ha sido desde siempre mi profesión frustrada. Con los años lo fui dejando. Por eso cuando te conocí me trasladaste a mi juventud, me inspiraste Elisabeth.

Mi estudio en realidad estaba a dos calles de allí. Me quedaban dos semanas de contrato. Ernesto no quería arriesgarse, imaginó que nuestra relación se alargaría más de lo que él deseaba, por eso decidió alquilar uno. Compro cientos de libros, te conoce, sabía que aquello té deslumbraría.

—Lo siento, pero cuesta creer que sea cierto Alex. Esto solo lo haría una mente enfermiza. No logro entenderlo. Dices que fue por dinero ¿¡Tanto te pagó!?

—Sé acercó un día a la escuela, sé presentó y me invitó a desayunar. Desde el principio dio por descubierta nuestra relación .Conocía de mis dificultades económicas, no tuvo reparos en investigarme anteriormente, así que me ofreció veinte mil euros a cambio de llevar está historia hasta el final. —¿¡Veinte mil euros!? —peguntó sorprendida.

—Sí, me pagó diez mil euros por adelantado. ¿Recuerdas cuando te contesté mal cuando me preguntaste por Aura? Ernesto me estaba presionando por entonces, allí fue el principio del fin. Al poco tiempo, te fuiste de vacaciones, me pediste distancia, pensé sinceramente que aquello era nuestro final, él estaba al corriente de todo. Me alegre mucho por ti, era la mejor manera de terminar con la irracional estrategia de Ernesto. Pero te pusiste de nuevo en contacto conmigo. Inocente de mi té invité a mi estudio, creyendo que Ernesto no lo descubriría, que equivocado estaba.

Fue entonces cuando alquilo el suyo y me obligó a tener nuestros encuentros allí, me amenazó con destrozar todos mis cuadros sino accedía a sus peticiones. Recuerdo perfectamente como ibas vestida aquel día, estabas guapísima, llevabas un vestido color verde agua, desee abrazarte y besarte al verte de nuevo, pero me contuve.

—Esto no tiene ningún sentido Alex, no puede ser que estemos hablando de mi ex marido. —se deshacía entre lágrimas.

—Ernesto está loco Elisabeth, es capaz de cualquier cosa, lo sé, me lo ha demostrado.

—Está bien, sigue, necesito saberlo todo.

—Me ofreciste hacer una novela juntos, me negué en un principio, sabía que tarde o temprano Ernesto lo sabría, y así fue. Lo supo por las cámaras de vigilancia, instalo tres en el estudio, sin que yo lo supiera.

—Cámaras! —exclamó atemorizada.

—Me pago cinco mil euros más por empezar de nuevo contigo, estaba obsesionado, me obligó a conservar todas nuestras conversaciones y mails. Tan solo escribí un par de páginas de Aura de Mujer, el resto de escritos eran todos suyos, por eso quería todas nuestras conversaciones, intentaba seguir un guion.

—No entiendo cómo pudiste hacerlo Alex. Yo empezaba a quererte por aquel entonces, sentí que no solo estaba enamorada del escritor sino también de tu persona. Me hiciste creer que yo era importante para ti.

—Lo eras y lo sigues siendo Elisabeth. Pero necesitaba urgentemente el dinero, de lo contrario hubiese tenido que marcharme de Barcelona, tenía muchas deudas pendientes. Acabó pagándome los cuatro mil euros restantes antes de que tú descubrieras todos los mensajes grabados.

—Me acuerdo de aquel día, dijo haberme visto salir de un portal corriendo con un libro entre mis manos.

—Allí empezó mi calvario, destrozó el estudio y me envió hasta aquí, me hizo publicar un libro con el que gané aquel concurso literario, pero todo era por ti, para llamar tu atención, le angustiaba saber si volverías conmigo. Quiso también que fuera a tu presentación de Aura de Mujer, tu no lo viste, pero estaba escondido entre la multitud de gente.

—¿Ernesto estuvo en mi presentación? —le interrumpió. Y me seguiste mintiendo, claro…

—No sigas Elisabeth, me avergüenzo de todo lo que he hecho y de todas las mentiras que he llegado a decirte, pero entiéndeme, actuaba bajo las órdenes y amenazas de Ernesto, no era yo, era él, quien con su poder me enloqueció a mí también.

—Y este estudio y todos estos cuadros ¿Son tuyos o de él?

—Los cuadros son míos pero el estudio lo paga el. Acordamos que lo pagaría hasta que tú vinieras a por mí. Consiguió de nuevo su propósito. A través de mi libro llegaste a Éze.

—Si es verdad todo lo que cuentas… ¡Ernesto es un monstruo! ¡Tengo mucho miedo! ¡No puedo quedarme aquí! Me iré a Barcelona ahora mismo. Tú deberías hacer lo mismo. Me voy.

—No te vayas aún, ahora que sabes toda la verdad, necesito saber que será de nosotros.

—Alex, tengo que irme, entiéndeme tu a mí también

—Está bien, te esperaré.

CAPITULO 26

Elisabeth se dirigió al hotel, tenía necesidad de recomponer su mente, analizar todo aquel cumulo de despropósitos. Llegó al parking del hotel con intención de estacionar su vehículo, de pronto, se abrió la puerta derecha del mismo y como una aparición tenía sentado a su lado a su ex marido.

—¡Ernesto! ¿Qué haces? ¡Bájate inmediatamente del coche!

—Elisabeth, déjame que te explique.

—¡No hay nada que explicar! sé todo lo que tengo que saber.

—No quería perderte, soy tu marido y te quiero.

—Tú no sabes querer a nadie, y te recuerdo que tú no eres ya mi marido ¿Qué has hecho con ese hombre, destruirlo para conseguirme a mí? Pues eso no es tener corazón, eso no es querer, eso es ser un egoísta y nada más.

—Te di siempre todo lo que necesitabas.

—¿Me diste qué, Ernesto? Yo para ti era como un jarrón no lo tocabas para no romperlo. Eso es lo que era para ti…

—Elisabeth, vamos a olvidar todo esto, volvamos a empezar, las cosas pueden cambiar.

—¡Las cosas ya han cambiado, tú ya no significas nada en mi vida, solo eres el padre de mis hijos y punto! ¡No eres dueño de la vida de nadie, no puedes con tu dinero comprarlo todo! ¿Qué llevas ahí? —preguntó atemorizada…

—¿No lo reconoces? Es el libro que te regaló Alex, le monté su nuevo estudio, y le dicté lo que quise para ver dónde llegarías tú en tu infidelidad. Y llegaste muy lejos Elisabeth, muy lejos.

—¿Qué tú le dictabas? —preguntó sobrecogida.

—Pero bueno ¿Qué creías que él era adivino? Yo le conté cosas que no podía saber nadie, pero claro, estabas enamorada, ¿no?

—Por favor ¡¡Baja inmediatamente del coche, Ernesto!!

—¿Ni siquiera me vas a dar una oportunidad, Elisabeth?

—¿Das oportunidades tú a alguien? ¿O compras voluntades para satisfacer tu ego?

Rompió a llorar, apoyada en el volante del coche. Ernesto se alejó mirando la escena con una extraña sensación de triunfo incomprensible.

Tras el incidente con Elisabeth, Ernesto se dirigió al estudio de Alex. Este se va a enterar, pensó. Aporreó la puerta con su puño cerrado.

—¡¡¡Alex!!!!... abre la puerta, soy Ernesto. —gritó tajante.

—Hay un timbre para llamar ¿qué pasa?

—¿Que, qué pasa? déjame pasar ¿¡Qué le has dicho a mi mujer!? ¿No eras un hombre de honor? Has incumplido el pacto, recoge tus bártulos y lárgate de aquí.

—Ernesto, por supuesto que soy un hombre de honor, cuando dejé de serlo fue cuando la traicioné a ella y ahora me arrepiento, la hemos perdido los dos. Esa es la realidad.

—Por tu culpa insensato ¿Que te creías que con cuatro palabras ibas a conseguir a una mujer así?

—Y tú creías que con tu dinero podrías frenar la intensidad de los sentimientos de alguien. Pues ya ves que no. Te has enfrentado al mayor poder del mundo, el amor y es invencible. —El amor, el amor…¡¡¡tonterías!!!... Venga, siéntate ahí, vas a escribir una carta a Elisabeth.

—¡No! eso se acabó, el pacto está roto, escríbesela tú, además no hace falta, la infamia que hemos cometido con ella ya se la conté cara a cara.

Le dio la espalda ignorándolo, empezó a recoger sus cosas, deseaba largarse cuanto antes, le pareció no tener ningún sentido escuchar sus vanidades y menos aún soportar su soberbia.

—¡Eh!, los cuadros se quedan ahí, ¿Quién ha pagado las pinturas y los lienzos? Algo sacaré en el rastro por ellos

—Sí, te los puedes quedar todos, menos éste. —Un hermoso velero navegando en la oscuridad de la noche, y al fondo la Osa Mayor y a la distancia precisa la estrella polar. La proa del navío apuntaba a ella intentando no perder el norte.

—Sí, sí llévatelo ¿Qué pasa te vas a hacer marinero ahora?

Alex agachó la cabeza, cogió su mochila y el cuadro. Ernesto lo detuvo. —A ver, a ver… pero que tenemos aquí.

En la parte de atrás del cuadro un poema rezaba así:

La fiel rosa de los vientos
nos guiará por esos mares
plagados de tempestades,
argumento de mil cuentos…
mil y una noches de pasión,
y navegaremos sin temor
por esta historia de amor
que llevamos en el corazón...
La nave dispuesta a zarpar,
foques, trinquete y mesanas
lucen firmes sus badanas…
hacía el sur o hacía el norte,
allá adónde esté mi amor,
esto no hay quien lo corte.

—Vaya, un poemita de los tuyos. Vete a llorarle tus penas, a ver si te perdona.

—No tiene por qué hacerlo. No lo merecemos ni tú ni yo.

—Alex, yo la recuperaré, y tú no la volverás a ver jamás, ¿Lo has entendido? Pues ¡hala!, buen viaje, vuelve a tu refugio de penas y miserias.

Alex abandonó el estudio, salió a la calle.

Su rumbo ahora era más incierto que nunca.

No tenía muchas opciones, se dirigió al bar de los pescadores. Entró, sin articular palabra. Antonio, el singular propietario del establecimiento, al verlo entrar, quiso hacerle la gracia. Por supuesto, nunca daba una en el clavo.

—¿Qué, te han echado de casa? Ja, ja, ja. —el silencio y la mirada de Alex hicieron reaccionar al tosco tabernero. —Alex, ¿Qué pasa? te veo raro.

—No, nada, Antonio, nada ¿Me puedes guardar este cuadro en el almacén?

—Sí, claro, por supuesto. ¿Qué quieres tomar?

—Una cerveza bien fría por favor.

—Ahora mismo te la pongo. ¿Algo más Alex, necesitas hablar? Si es así ya sabes que aquí me tienes.

—Gracias Antonio, gracias, no, necesito estar solo, disculpa…

—Está bien, está bien Alex, tranquilo No pasaron ni diez minutos cuando de pronto por la puerta apareció de nuevo Ernesto.

—Ponga dos cervezas por favor.

—¿Dos señor?

—Sí, dos, una para mí y otra para ese señor.

—Yo estoy servido, gracias Antonio.

—Alex, escucha. —se sentó junto a él. —Así no llegamos a ninguna parte. Creo que es mejor que hablemos, yo también estoy arrepentido, ¿sabes? Sí, no debí actuar como un marido resentido. Tal vez no he sabido...

—Ernesto, esto no tiene sentido, vale ya…

—Alex, yo en realidad no tengo nada contra ti, no soy el monstruo que creéis, simplemente me casé con Elisabeth muy enamorado, después la cosa se fue enfriando, la pasión del principio, ya sabes.

—Ernesto, insisto, no debes darme este tipo de explicaciones. No es asunto mío.

—¿Cómo qué no? ¡Te enamoraste de mi mujer, no tuviste reparo en...!

—¿¡En qué Ernesto!? ¿En qué no tuve reparo, en hacerla feliz, en devolverla a la vida? ¿Tuviste reparo en estancar su existencia, en guardarla simplemente como un trofeo de caza? Una mujer merece más que eso, merece ser respetada, merece ser amada, y merece su libertad. Tú anulaste su libertad, para ti solo era una posesión más. Ese es el verdadero motivo de su reacción. Encontró a alguien a quien le importaba ella. Simplemente eso. Ella no buscaba nada más.

—No me des lecciones de cómo tratar a una mujer ¡¡ no te lo consiento!! ¡Escúchame bien! Voy hacer todo lo posible por recuperarla, aléjate de ella, esta vez no seré tan permisivo ¿¡Me has entendido!?

—¡Lárgate de una vez, no me das miedo! será ella quien decida. Ahora no nos pertenece a ninguno de los dos, así que vete con tu arrogancia y olvídate de mí.

CAPITULO 27

Elisabeth se dirigió a la cafetería del hotel…

—Bonjour mademoiselle,

—Bonjour, s'il vous plait, manque un café pour aller.

Subió a su habitación, lo primero que hizo fue desmaquillarse, no quería dejar ningún rastro de pintalabios en la taza del café. Le recordaba demasiado a Alex. Necesitaba recomponer toda aquella situación, nada podía interferir en sus decisiones. Miró por unos instantes su maleta, dudó en marcharse. Sintió mucho miedo y odio por Ernesto y a la vez desconcierto por Alex. No quiso hacerlo. Decidió ordenar todos sus sentimientos. Cogió su cuaderno y escribió todo cuanto sentía. Reconstruyó sus sentimientos hacia Alex y Ernesto hasta ese desbarajuste de contradicciones:

"Recuerdo tu atrevimiento en acercarte a mí, tu primer libro fue una grata sorpresa, no me lo esperaba, lo leía a escondidas, no quería dar explicaciones en casa, pasados unos días decidí devolvértelo, confieso que no lo leí todo, mi reducido tiempo libre, no me lo permitía. Quise devolvértelo, pero lo rechazaste, dijiste que era un regalo, mostré mi agradecimiento por ello, pero en realidad lo acepté como un verdadero problema para mí. Si Ernesto lo encontrara, no hubiese tenido más remedio que explicar que tu Alex, me lo regalaste, conociéndole, sé que no le hubiera hecho ninguna gracia y no me equivoqué sino hubiera sido por esos escritos tal vez hubiésemos llegado muy lejos tú y yo. En los veinticinco años de matrimonio, Ernesto nunca fue hombre de mostrar sus sentimientos, con el tiempo el desgaste fue creciendo entre nosotros, eran pocas las ocasiones que se presentaban como pareja, nuestros hijos absorbieron todo nuestro tiempo libre, jamás tuve una queja de él como padre, pero sí como pareja. Esa falta de interés cada vez más acentuada, su despreocupación por navidades, cumpleaños, fechas señaladas, en que no pensaba, ni me regalaba ningún detalle me entristecía. Solo recordaba un precioso vestido por navidades y un par o tres de sorpresas en todos nuestros años de matrimonio. Hubiesen bastado unas simples palabras dedicadas, para seguir enamorada de él, pero no era así. Lo conocía perfectamente, su seguridad por tenerme, le relajaba, hasta que percibía algún indicio de que algún hombre podía estar interesado por mí. Se fijaba en cómo me vestía cada mañana, en tono humorístico ponía en duda a donde iba aquel día. Yo sabía que a él le molestaba si alguna vez me arreglaba más de la cuenta, según sus palabras, pero nunca dejé de vestirme a mi antojo. Jamás imaginé que sería capaz de llegar tan lejos por unos celos descontrolados, pero ante la duda, decidí deshacerme del libro en su momento, no logro entender como lo recuperó. Desconocía que el supiera de su existencia y mucho menos que viera como me desprendía de él"...

Decidió llamar a Ernesto, aquello no podía quedar así, Alex había explicado su versión, pero necesitaba saber si eran ciertas todas sus afirmaciones. Le costaba creer que Ernesto fuera capaz de realizar toda aquella locura de insensateces. Respondió rápidamente a su llamada, parecía estar esperándola. Quedaron en media hora en el hotel. En cuanto llegó, Elisabeth estaba ya sentada en la terraza de la cafetería, eligió una mesa lo más alejada de los pocos clientes que a esa hora se recreaban tomando un café observando aquellas maravillosas vistas del puerto de Éze, no quería que nada entorpeciera su conversación. Ernesto se acercó decidido, no parecía arrepentido, la besó en los labios, no le dio tiempo a Elisabeth de reaccionar y rechazarlo.

—¿Qué haces Ernesto?... tú y yo hace mucho que no nos besamos.

—Es la costumbre, no hay para tanto mujer. —le contestó sonriendo.

—Te he llamado, porque tenemos que hablar, no imagines cosas que no son. —afirmó seriamente.

—Estupendo ¿Por dónde empezamos? ¿Te gustan sus cuadros? ¡Ah! Claro no lo sabías...

—Basta de ironías Ernesto, por favor. Quiero saber la verdad, Alex me ha contado auténticas barbaridades que hiciste y sigues haciendo por conseguirme y todo a cambio de dinero.

—A saber lo que te ha explicado...gracias a mí, ha ejercido de pintor y escritor estos años, e incluso ha podido publicar algunos libros, uno de ellos premiado, pero esto tú ya lo sabes ¿Verdad Elisabeth? ¿O ya no te acuerdas de tu viaje a Madrid con el escritor Toni Vinyals? Así que bueno, tan mal con él no me he llevado, debería estar agradecido ¿No crees? Por cierto, todavía no hemos pedido nada ¿Un café? Lástima que no lleves los labios rojos, aunque no sé porque me extraña, siempre lo hacías solo para él. —su cara era el reflejo de un hombre absorbido por sus celos.

—Te agradecería dejaras de decir tonterías Ernesto, quiero darte la oportunidad de poder explicarte, parece que no quieras aprovecharla. —le contestó indignada.

—¿Entonces un café?

—Si un café. —le miró seriamente. —Allí está Veronique, ella nos servirá.

Enseguida notó un cruce de miradas entre los dos, él jamás le hubiese permitido mirar a un hombre con ese deseo, en cambio él sí lo hacía sin importarle su presencia, se acostumbró a ello con el tiempo. Ahora era diferente, no le molestaba lo más mínimo, al contrario hubiese dado lo que fuera para que Ernesto empezara una nueva relación, tal vez sería la manera de olvidarse de ella para siempre. Se alargó más de lo que Elisabeth hubiese deseado, casi dos horas estuvieron hablando y discutiendo, ninguna negación por su parte. No tuvo reparo en afirmar que todas las acusaciones de Alex hacia él, eran ciertas. Se excusaba con que lo había hecho por ella, no soportaba la idea de perderla. Reconoció que todo empezó por una obsesión y con el tiempo se transformó en un juego incontrolable. Le pidió perdón en numerosas ocasiones, pero en su mirada se apreciaba signos de venganza e inconformismo cada vez que nombraba a Alex. Antes de terminar, se levantó un momento para ir al baño, en cuanto regresó vio a Veronique y Ernesto hablando sentados en la misma mesa, parecía que se entendían, el no paraba de reírse, mientras la miraba con ojos de deseo. A juzgar por las insinuaciones de ella, parecía no molestarle aquel atrevimiento por parte de Ernesto.

—¿Qué tal Veronique, conoces ya a mi ex marido?

—Oui Madame, Ernesto me ha parecido encantador. —le contestó sonriendo mientras le acariciaba su brazo, al tiempo que él le respondía con un guiño.

Desde que la conoció le pareció una mujer con una fuerte personalidad, se apreciaba en ella un carácter independiente, con signos de haber vivido siempre a su antojo, sin ataduras ni obligaciones, consiguiendo siempre lo que se proponía. Y no se equivocó, en solo diez minutos parecía que Ernesto se hubiera olvidado por completo de Elisabeth, estaba absorto por aquella guapa mujer, no tenía ojos más que para ella, imaginó que nunca llegaría a hacer con ella lo mismo que hizo con Elisabeth eran muy diferentes una de la otra .Su error fue en su momento entregarse a él sin límites, aceptando su desinterés y tranquilidad hacia ella como parte del matrimonio.

Pero Veronique andaba muy lejos de ser una mujer permisiva.

Pensó que aquella relación sería perfecta para Ernesto, tal vez lograría de una vez por todas desprenderse de su obsesión por ella. Se entretuvo más de la cuenta recogiendo. Sus movimientos eran lentos, colocar bien su pañuelo, repasar teléfono, rebuscar entre su gran bolso...Veronique le lanzó alguna que otra fría mirada, como invitándola a marcharme lo más rápido posible...

Pero Elisabeth quería cerciorarme de poder irse sin sufrir el seguimiento de Ernesto. Los vio tan metidos en su tonteo, que casi no hizo ningún gesto por despedirse.

CAPITULO 28

El atractivo de la espléndida mujer francesa caló hondo en Ernesto, que por su parte era un caballero distinguido y elegante además de educado. Son valores muy apreciados por las mujeres francesas. Es por ese motivo que ambos tuviesen cierto feeling y que de esa atracción física pudiese surgir algo más sólido. Y así fue, Ernesto sin ser demasiado consciente, era como el resto de seres humanos, enemigo de la soledad. Y tal vez vio en Veronique la solución de su futuro, sabiendo de sobras ya que su relación con Elisabeth iba a ser del todo imposible. Subió rápidamente a su habitación, recogió corriendo todas sus cosas y se dirigió a recepción. No sin antes asegurarse de verles juntos como hacía unos instantes. Pidió abonar la habitación, mientras, seguía observándoles. Desde lejos no había duda que entre ellos dos existía una gran atracción mutua. Estaba totalmente convencida, Alex tenía razón, todo eran verdades, Ernesto hizo de él cuanto quiso, si es cierto que durante estos años logró editar libros y vender sus cuadros, consiguiendo así recuperarse económicamente. Pero supo leer en sus ojos, sabía que la amaba y se sentía arrepentido por aceptar aquel maldito descalabro de sentimientos contradictorios. Quería recuperarle, conocerle, aceptarle con sus equivocaciones. Deseaba empezar de cero con Alex, darle la oportunidad de ser él mismo, sin presiones, sin dinero de por medio, sin miedos. No podía marcharse así a Barcelona. Condujo a gran velocidad hasta su estudio, se imaginó lo peor, posiblemente Alex ya no estuviera. Conociendo a Ernesto, y como se mostró en la cafetería, estaba segura que precipitó su huida. Pensar en buscarle otra vez y sufrir hasta encontrarle hubiese sido insoportable para Elisabeth. Estacionó en frente mismo del estudio, llamó varias veces al timbre, todas las persianas estaban cerradas, se sorprendió, en la puerta ninguna placa anunciando su taller de pintura con su nombre.

Siguió insistiendo, pero era evidente que Alex había abandonado obligado o no, aquel estudio.

Solo le quedaba encontrarle en su rincón de playa. Cuantas tardes y atardeceres contemplaron juntos sin poder expresar libremente nuestros sentimientos, por culpa de Ernesto...Ya casi llegaba, unos cinco minutos andando, le separaban de la felicidad.

Vio a Antonio sirviendo en su terraza, parecía que le hiciera señales, quiso evitarlo pero su insistencia la hizo aproximarse.

—Hola Antonio ¿Deseas algo?

—¿Andas buscando a Alex?

—¡Sí! ¿Sabes dónde puedo encontrarlo?

—Si me das un beso te lo digo… —le contestó igual que un niño.

No estaba dispuesta a aceptar ninguna broma en ese momento, le contestó mirándole a los ojos seriamente.

—Antonio, déjame en paz. —le dio la espalda, cuando oyó gritar a Antonio.

—¡Elisabeth! ¡Al fondo de la barra!

Se giró y dedicándole una cariñosa sonrisa, entró corriendo hasta el fondo del bar. Sí, era Alex.

Retomaron juntos una nueva vida, él no tuvo reparos en dejar todos sus cuadros a manos de Ernesto, ya no los necesitaba, tenía todo cuanto quería, ella le daría la inspiración necesaria para reconciliarse con sus amadas letras. Por su cabeza renacían decenas de olvidados poemas que en su día fueron concebidos para ella. Se despidió de Éze regalando a Antonio su lienzo de ese preciado velero.

Confiando en su palabra, sabía que luciría en aquel bar de pescadores. Nunca hubiese imaginado mejor lugar para ese sentido cuadro. Elisabeth se sentía radiante, ilusionada, parecía que ya todo tenía sentido, Ernesto dejó de increparles y sus hijos parecían aceptar de buen grado su nueva relación con Alex. No tenían nada que perder, ahora sí estaban juntos, ni tan siquiera Caterina podía hacerles sombra, desde que se instaló Alex en Éze andaban distanciados su mujer y él, hasta el punto de solicitar los papeles de divorcio, sin la más mínima señal de reconciliación por ambas partes. Jamás la conoció personalmente, todo cuanto sabía de ella fue por Alex. Su inequívoca obsesión por interrumpir su inspiración, hizo con el tiempo apartarle de sus escritos, algo que Alex no le perdonaría nunca, fueron muchos años de esconderse para escribir.

La desaprobación de Caterina hizo acercarle más a la pintura. Cathy como a él le gustaba llamarla, siempre ignoró como todos sus cuadros no eran libres de poemas en la parte posterior, consiguiendo así sentirse vivo, por un lado la pintura y por otro su inevitable capacidad de expresar con palabras sus sentimientos. Los primeros días fueron confusos, debatieron distintos destinos donde instalarse y empezar una nueva vida juntos. Lo más importante, encontrar el sitio perfecto para realizar sus sueños, nuevos libros escritos conjuntamente como aquel primero Aura de Mujer, darían salida a nuevas obras sin descanso.

Incansablemente recorrieron diversos pueblos, rechazaban de antemano vivir en una gran ciudad, pero sí deseaban estar lo suficiente cerca de los hijos de Elisabeth. Tras un tiempo maravilloso en la Borgoña francesa, sintieron añoranza por su país de origen. Ambos deseaban volver por diversos motivos, pero especialmente para estar cerca del ya descrito paraíso de Elisabeth .La relación de ambos va más allá del amor, no necesitan hablarse para saber los pensamientos y los deseos de cada uno, y son tan semejantes como lo son dos gotas de agua. A pesar de eso Elisabeth y Alex dialogan constantemente, cambian impresiones, trabajan juntos, pero jamás, jamás discuten. Y es que su relación está basada en el concepto más amplio de la libertad. Alex en una de sus reflexiones señaló:

"Que hermosa palabra la confianza, es la esperanza firme que una persona tiene en que algo suceda, sea o funcione de una forma determinada, o en que otra persona actúe como ella desea. Pero también expresa seguridad, por tanto, valor seguro.

La confianza y la seguridad son los componentes de la confidencialidad, burbuja que permite abrazar los secretos más íntimos y a la vez expresarlos a otra persona. La confidencialidad es uno de los pilares de la libertad. Somos libres, tú yo somos libres, porque gozamos de la confianza, la seguridad y la confidencialidad. Ser preso de la intimidad es una pesada losa, la misma que levantó Pandora abriendo el ánfora que contenía todos los males que conducen al aislamiento que no permiten expresar sentimientos".

Tomaron la decisión de fijar su residencia en la bellísima población ampurdanesa de Cadaqués. Una preciosa casa con vistas al mar de cuya decoración iba a encargarse Elisabeth con su singular y exclusivo estilo. No pasó mucho tiempo para que se despertarse en ambos un gran deseo de viajar, pero su medio preferido iba a ser una hermosa embarcación a vela a la que ambos le habían echado el ojo en los astilleros de la costera población gerundense. No en vano para ellos además de las letras, su gran pasión era el mar.

—Hola mama ¿Cómo estáis?

—Hola Laia cariño ¿Cómo me llamas tan temprano? No son ni las ocho de la mañana. ¿Ocurre algo?

—No mamá, estoy a punto de salir hacía el trabajo, pero antes quería preguntarte si Pau y yo podemos subir este fin de semana a Cadaqués con vosotros.

—¡Claro que sí! Vuestra habitación ya está lista. Todavía estamos liados con la reforma, quedan pequeños detalles por terminar de arreglar, pero las habitaciones, baño y cocina están ya terminadas. Espero que os guste como está quedando.

—Mamá, conociéndote seguro que estará quedando fantástico. Acertaste en escoger ese apartamento, una vez terminadas las obras vais a disfrutarlo mucho, ya lo verás.

—Vas a ver como he decorado la terraza, te va a encantar. Por las noches es una maravilla tumbarse a ver las estrellas y los amaneceres son espectaculares viendo el mar desde tan cerca.

—Que ganas tenemos de subir ¿Quieres que suba café de Coffee&Books? Puedo comprarle a Ana una variedad de paquetes, me pilla de camino.

—Estupendo, sí. Por cierto, me haces recordar que tengo que llamarla, en cuanto cuelgue contigo la llamo. Desde que volvieron de su viaje de novios, no hemos hablado todavía.

—Muy bien mamá, calculo que llegaremos mañana antes de comer ¿Puedo pedirte mi comida preferida?

— Espaguetis a la Carbonara con mucho Bacon ¿A que sí?

—Si mamá. —se le escapó una carcajada. —Nadie los hace tan buenos como tú, algún día deberás confiarme tu secreto.

—Ay Laia… no hay ningún secreto, es solo hacerlos con amor.

—Pues entonces están cocinados con mucho amor, porque están
¡¡Buenísimos, mamá!!

—Venga… os esperamos mañana, encargaré unos postres en una
pequeña pastelería que descubrí hace unos días, hacen unas pastas
de té deliciosas.

Amaneció radiante ese sábado, eran las siete de la madrugada
cuando Alex y Elisabeth desayunaban relajadamente en la terraza
de su adorado nuevo apartamento. En unas horas Laia y Pau
llegarían para pasar su primer fin de semana en Cadaqués con
ellos, todavía no habían tenido la oportunidad de vivir todos
juntos.

—¿Qué te pasa Elisabeth? Te noto intranquila, aún faltan unas
horas para que lleguen.

—Lo sé, no te preocupes, es solo que es la primera vez que
vivirán con nosotros. Quiero que nos sintamos cómodos todos.
A los hijos les cuesta a veces aceptar nuevas parejas de sus padres.

—Ya verás cómo estaremos bien, nunca han mostrado ningún
rechazo hacia mí. Son unos chicos fantásticos… no te preocupes
por nada cariño.

Alex no se equivocó, en cuanto llegaron todo fueron risas y
complicidad, parecía que hubieran vivido juntos toda la vida.

—Mamá estoy muy contenta por vosotros, habéis logrado hacer
de este apartamento oscuro y sobrio un encanto de lugar. Nada
que ver con lo que era antes. ¡Me encanta como ha quedado!

—Entonces ¿Os gusta?—los miró buscando la aprobación de los
dos

—Pau ¿Te has fijado en el cuadro de al lado de tu escritorio? Lo
dibujó Alex.

—Claro que me he fijado mamá… gracias Alex, estoy hasta por
llevármelo a Barcelona…

—Llévatelo. —respondió Alex con un guiño. —prometo dibujarte otro para aquí.

— ¡Perfecto! Pues me lo llevaré es ¡Espectacular! Gracias.

CAPITULO 29

Hacía mucho tiempo que Elisabeth no decoraba una casa entera. En Barcelona no había mucha más cabida que lo que tenían, a menudo variaba en pequeños detalles dependiendo de la estación, siendo navidades y la primavera las que más transformación realizaba en casa. Durante la reforma integral de la vivienda en Cadaqués, Elisabeth se recorrió un sinfín de portales de decoración por internet, aunque no dejó de comprar sus revistas favoritas de muebles todas las semanas como siempre había hecho. Deseaba encontrar un estilo propio. Conseguir el equilibrio de una casa donde disfrutar de espacio libre y relajación en verano y tremendamente acogedora para los fríos inviernos que les esperaba. Para ello, no dudo en instalar una gran chimenea en medio del salón. Un generoso cerramiento acristalado resultó la mejor opción para integrar interior y exterior en un mínimo espacio. Consiguió lo que perseguía, contar con una mayor amplitud visual y multiplicar la luz natural que entraba por la terraza. Reservó un espacio para el comedor exterior, una redonda mesa completada con sillas de polipropileno con respaldo envolvente y unas vistosas flores de tallo alto. Frente la mesa ubicó una zona de chill out en blanco con sofá y mesa baja.

Diversas plantas y flores en color coral, convertían la terraza en todo un vergel. La permanente presencia de plantas tanto en el interior como en el exterior era deseo de Alex.

Para amueblar el salón eligió un sofá en forma de ele, rematado con una chaise lounge, ambos en color blanco. Suelos de madera y un caprichoso mosaico de vinilo en tonos azules separaban el salón de la integrada cocina. Toda ella forrada en madera natural aportando calidez a la estancia y una zona central a modo de isla, permitía una mejor interacción mientras se cocinaba. Durante la reforma se restauró el encanto de los altos techos de bóveda catalana, algo singular en la zona de Cadaqués.

Para los baños, un estilo Vintage con azulejos blancos tipo metro, cálida madera y suelo porcelánico transportaban a otra época, algo soñado por Elisabeth en todas sus decoraciones. Sus amplias dimensiones del baño principal con una bañera frente a la ventana convertían el espacio en un auténtico oasis de relax. De dos antiguas habitaciones quiso reducirlo a un solo dormitorio, de esta forma consiguió un espléndido vestidor y estilo juvenil en tonos crudos para los dormitorios de Laia y Pau.

Sin duda la estrella principal del apartamento era un antiguo balancín natural comprado en un almacén de antigüedades en Sevilla, su ubicación fue crucial para sentirse tranquilo y relajado bajo una lámpara tubular, desde donde se disfrutaba de un magnífico casco antiguo de Cadaqués y su principal campanario.

Alex se sentía satisfecho, durante toda la comida hubo comunicación entre ellos, incluso hubo más de un momento en que las risas fluían con total libertad, el interés de ellos por su escritura y sus pinturas hicieron de Alex un hombre cercano a ojos de unos chicos curiosos. Ningún silencio hizo incomodar a Elisabeth.

—Alex ¿Sabes que nos gustaría?

—Dime Laia. —dijo sorprendido.

—¿Por qué no nos enseñas a pescar? Podríamos bajar ahora, después de comer, Pau y yo tenemos muchas ganas.

—¿De verdad? ¿Os apetece? Por mi ningún problema, lo preparo y bajamos.

—Yo prefiero quedarme aquí con mamá…

—¿No quieres venir, Pau? Llevas toda la semana hablando de la pesca ¿Y no quieres venir? —Laia le miro sorprendida.

—Puedo ir mañana Laia, ahora me apetece tomarme otro café con mamá.

—Está bien, como quieras ¿Vamos Alex?

—Sí, lo tengo todo preparado.

Laia y Alex se fueron alrededor de las cinco, aun tardarían un par de horas en regresar.

Elisabeth conocía muy bien a Pau, desde pequeño siempre había estado muy unido a ella, al contrario de Laia, era un chico que necesitaba reflexionar y entender el porqué de todo cuanto sentía. Supo que aquel deseo de tomar un nuevo café con ella escondía alguna preocupación.

—Bien Pau dime, que te preocupa...

—¿Cómo sabes que algo me preocupa? —sus ojos eran como platos.

—Te conozco, anda, suéltalo ya.

—Es por papa. No entiendo por qué habéis perdido toda comunicación, las pocas veces que lo hacéis, es siempre a través de abogados. Ya soy mayor, entiendo que como pareja quisierais romper vuestro compromiso, pero no me entra en la cabeza como de ser una familia, habéis pasado a ser unos extraños entre vosotros.

—Pau, nosotros siempre seremos vuestros padres, que estemos separados no significa que no seamos una familia, para mí siempre será así. Pero como pareja nunca volveremos a estar juntos, eso quiero que lo tengas claro, yo ahora estoy con Alex, soy tremendamente feliz, siento que le amo, le quiero, compartimos la ilusión por escribir juntos y me da algo muy importante que tu padre nunca me dio.

—¿El qué mamá? La escuchaba atentamente. Para él era una conversación pendiente, necesitaba entender a su madre.

—Libertad.

—¿Libertad? No te entiendo, papá es un hombre que siempre ha respetado tus decisiones, él siempre te ha querido...

—Pau cariño, no sé a dónde quieres ir a parar... debes aceptar que tu padre y yo nunca más estaremos juntos. Ahora mi vida está al lado de Alex.

—Lo sé mamá, perdóname, pero es que te veo a ti con Alex y a papá con Veronique a punto de casarse y me cuesta entenderos.

—¿! Casarse!? ¿Tu padre se casará con Veronique?

—¿No lo sabias? —contestó asombrado.

—No ¿Y aún te sorprendes porque nuestras comunicaciones son a través de abogados? Ahora comprendo sus prisas para firmar nuestro divorcio. Debes alegrarte Pau, por él y por mí, os queremos con locura, y si nosotros estamos bien, vosotros también lo estaréis.

—Tienes razón y si he de ser sincero, te diré que Veronique me gusta mucho para papá, nunca como tú, por supuesto, pero reconozco ver a papá más relajado, no sé, me da la sensación que quien manda en esa relación es ella. —soltó una gran carcajada.

—Venga Pau ¿Bajamos a pescar?

—Sí, ahora sí...

Se entretuvieron por el camino, a Pau le encantaba hablar de mil cosas con su madre. Compraron algunos pequeños souvenirs, imanes para su nevera y pequeños recuerdos de Cadaqués.

—Mira mamá ¿Te gusta?

—Sí, la verdad es que es precioso, no le falta detalle alguno aun siendo tan pequeño.

—Lo voy a comprar, quiero regalártelo.

—Déjalo Pau, te lo agradezco de corazón, pero estoy segura que esta pequeña maqueta de velero debe costar mucho dinero.

—No importa, voy a comprarlo, será mi regalo para tu nueva casa.

—¡Nuestra, Pau! Esta casa es de Alex, de tu hermana, tuya y mía.

—le rectificó con una sonrisa. —Está bien, si lo deseas, ya tengo sitio donde colocarlo, justo al lado del precioso balancín. ¿Por cierto, te has sentado ya en él?

—Sí, es una auténtica maravilla. Estoy contigo, allí quedaría perfecto. Voy a pagar.

—Muchas gracias, sigues siendo tan detallista como siempre, a Alex le va a encantar. Te quiero.

—Y yo a ti mamá.

Cuando llegaron a las rocas donde se encontraban Alex y Laia ya casi estaban recogiendo. Elisabeth no podía aguantar más, deseaba explicarle a Alex que Ernesto se casaba con Veronique. A ojos de Pau no quiso mostrar la tremenda alegría que le produjo al saberlo. Se mantuvo serena, incluso le pareció correcto mostrar un poco de incertidumbre, jamás les contaría a sus hijos lo que su padre fue capaz de hacer por unos celos incontrolables, así se lo pidió Ernesto, aunque de no haber sido su petición, tampoco ella les hubiese contado nunca los verdaderos motivos de aquel distanciamiento sin retorno . Se acabaron los miedos, ahora era ella quien decidía.

Aprovechó la distracción de los chicos mirando la bahía para contárselo a Alex. La cara de felicidad fue tremenda, incluso sus ojos se humedecieron al tiempo que la abrazaba y la besaba, respiró profundamente y miró a su querido mar, testigo de su deshonor en Éze.

—Soy libre. —le susurró muy flojito al oído.

—Creo que sí. —le contestó Elisabeth emocionada. —somos libres Alex.

—¡Venga! ¡Os invito esta noche al Restaurante Plaza! — exclamó Alex.

—¡¡Sí!! —Laia se rio. —¿Crees que me harán una pizza en forma de corazón como cuando era pequeña mamá?

—Bueno no sé, tu tendrías unos seis años cuando te la hacían, pedir ahora una pizza en forma de corazón a tu edad....puede que el pizzero se imagine tomando una copa contigo en cuanto termine de trabajar. —no dejaron de reírse juntas. Laia le contestó con un pícaro guiño.

—Está bien, te haré caso, yo primero me fijo en el cocinero, y si me gusta, le pido la pizza de corazón... si esta noche vuelvo tarde será por culpa de un corazón. —bromeó buscando la aprobación de Elisabeth.

—Sí, creo que así mejor. —le devolvió un pícaro guiño también.

—¿Y esto? —preguntó intrigante Alex.

—¡Oh! Se me olvidaba, es un regalo de Pau, ábrelo y verás. En cuanto lo abrió se emocionó, aquel pequeño velero era más que un regalo, era su soñada libertad.

Desde aquel día Elisabeth a escondidas de Alex, no dejaba de imaginar cómo sería tener un velero propio. Viajar por el Mediterráneo inspirándose en mil paisajes diferentes le ilusionaba. Si en algún momento de su vida podía permitirse un capricho como aquel era precisamente ese. Con la venta de Coffee&Books recuperó todo lo invertido y por otro lado disponía del dinero conseguido tras su divorcio.

CAPITULO 30

Alex se despertó antes de las seis, estaba acostumbrado como ella, ver salir el sol todos los días, Elisabeth seguía durmiendo, no quiso despertarla aun. Era habitual hacerlo cada mañana, un abrazo bastaba para conseguirlo. Decidió dejarla dormir, se levantó sigilosamente y se dirigió a la cocina. Se preparó un café bien cargado mientras contemplaba la vista que se apreciaba desde cualquier punto del comedor.

Absorto por un mar enfurecido por la tramontana decidió sentarse por primera vez en el balancín, nunca antes lo había hecho. Lo reservaba siempre para Elisabeth, sabía que gozaba con ello, y él disfrutaba viéndola ahí sentada mirando el paisaje, escribiendo, leyendo, conversando...Una pequeña mesa moderna de formas geométricas hacía de contrapunto a tal antigüedad. En el centro de la misma, la maqueta del tan amado velero. Lo cogió con sumo cuidado, por nada del mundo hubiese querido romper ninguna de las diminutas piezas que lo formaban. Lo examinó con atención, era una reproducción exacta, no faltaba ningún detalle. Recreándose en él, recordó uno de los poemas que escribió para Elisabeth..

.

"Son las olas del mar el camino
de las ilusiones y las fantasías,
una proa a cualquier destino
y unas estelas dejan atrás días...
de pena, de angustia y de dolor,
se abren las puertas del cielo
y llenan los corazones de amor.
Esperanza renovada, consuelo.
Navegar es dejar atrás un puerto,
flotar empujados por el viento,
soñar cuanto estás despierto...
volar en busca de la verdad,
navegación noche y día…
y remar a favor de la libertad".

—Buenos días amor. —Elisabeth lo rodeó por la espalda con sus brazos.

—Buenos días cariño, no quise despertarte.

—Pronto será nuestro. —le sonrió mientras Alex seguía sujetando el velero.

—¿Qué quieres decir con que pronto será nuestro? Pensaba que era un regalo esta maqueta.

—La maqueta, sí. Me refiero al nuestro.

—¿Has encargado otra maqueta?

—No exactamente veras…

Alex estaba totalmente intrigado, la expresión de Elisabeth era la de una niña pequeña a punto de soltar una noticia bomba.

—Tendremos... ¡¡Un velero de verdad!! ¡¡Hemos comprado un velero!!...

Alex no podía creer lo que estaba oyendo, se levantó de golpe dejando la maqueta en la mesa, con tan mala fortuna que le dio sin querer un pequeño golpe en la proa.

—No te preocupes, no le ha pasado nada, pero deberás tener más cuidado con el de verdad. —le abrazó riendo. —¿No dices nada? Me lo imagino, estás tan ilusionado que eres incapaz de hablar.

No le contestó, separó los brazos de Elisabeth de su cuerpo y se dirigió a la cocina. Se preparó un nuevo café, parecía no estar allí, su semblante serio, y su mirada perdida hacían de él un hombre arisco. No reaccionaba, ni un solo gesto de alegría, todo lo contrario. Él sabía porque estaba así, aquel velero significaba demasiado, cuantos poemas y reflexiones salieron de aquel ansiado deseo que ahora podía convertirse en realidad. Su mente era un desorden de sentimientos, por un lado no podía aceptar que Elisabeth gastara tanto dinero, pero tampoco deseaba deshacerse tan rápido de su sueño. Su cordura le empujaba a no aceptarlo.

—¿Pero qué has hecho Elisabeth? —su cara expresaba una total insatisfacción.

—Comprar nuestro sueño, nuestra inspiración. ¿Tan malo es? No comprendo tu reacción la verdad, pensé que te alegrarías, que gritarías, que me abrazarías y sobre todo que te ilusionarías como he estado yo estos días. Llevo un mes detrás de la compra, quería sorprendente, por eso no te dije nada ¿Y ahora?

—¿Y ahora?... Por favor Elisabeth… ¿Cómo quieres que reaccione? No, no voy aceptar que gastes tu dinero en un velero. Lo siento pero no. —le respondió tajantemente.

Por unos instantes le recordó a Alex que se marchó sin casi despedirse de su primera noche en el hotel Paradise de Éze. Le sorprendió tanto que no dudó en preguntárselo.

—¿Pero qué te pasa? Tu actitud es tan negativa, que parece que estés representando un papel ¿Es que Ernesto vuelve hacer de las suyas?

—¡No digas tonterías! ¡Claro que no! Soy yo quien no quiero aceptarlo. Estás mezclando cosas, Elisabeth. ¿¡Te has parado a pensar, el gasto que supondrá tenerlo amarrado todo el año!? ¡Que no, no puede ser!

—Sigues mirando solo la parte negativa, piensa aunque solo sea por un momento lo felices que seríamos navegando, descubriendo preciosos lugares que nos servirían de inspiración, disfrutar del mar, de noches estrelladas, observar la luz de una luna llena reflejada junto a nuestro velero, podrías escribir cientos, cientos no ¡miles! de poemas Alex ante tanta belleza…

—Vamos a ver, para empezar, no hace ni un mes que hemos terminado con la reforma y decoración de esta casa, en ningún momento he puesto ninguna objeción en cuanto a materiales utilizados ni mobiliario, te he dado total libertad para escoger lo que tú más deseabas y yo he disfrutado viéndote gozar por ello, sé cuánto te gusta decorar, pero...

—¿Ahora también vas a meterte con la reforma? Basta Alex ¿Te das cuenta que es la primera vez que discutimos? ¡No pienso darte explicaciones de cómo me gasto mi dinero, y aún menos discutir por ello! Compré el velero porque me apetecía, podía permitírmelo y lo más importante, porque quería hacerte inmensamente feliz.

Pero estás cegado, no ves nada, tan solo te preocupa el dinero ¿Por eso aceptaste engañarme con los sucios negocios de Ernesto? Claro, que tonta soy...

—Esto que estás diciendo me duele y lo sabes perfectamente, ¿a qué viene ahora sacar a relucir nuestro tormentoso pasado con Ernesto?, no tiene ningún sentido, creo que te he pedido perdón y me arrepentimiento en muchas ocasiones, si tu manera de quererme es castigarme recordando nuestros malos momentos vividos, tal vez nos estemos equivocando.

—¿Equivocando? —Elisabeth no salía de su asombro. —¿Es que quieres dejar nuestra relación?

—¡No! ¡Por supuesto que no!¡ Es que ya no sé qué estoy diciendo! perdóname Elisabeth, no sé porque lo he dicho. Te amo ¡Por Dios, créeme!

—Ya no sé qué pensar Alex. —le miró a los ojos incrédula. Comunicarle la compra del velero y terminar en una discusión, nunca fue lo que ella imaginó. Quiso terminar con aquello, y dejarle reflexionar, sabía que lo haría, sin duda.

—Elisabeth, lo siento, tal vez tengas razón, solo he visto la parte negativa, sentémonos y lo hablamos...

—Ahora debo irme, quedé con Ana que hoy bajaría a Barcelona, me pasaré por Coffe&Books antes de ir a la editorial, tengo cosas pendientes por concretar. Calculo que el velero lo tendremos en un par de semanas. Me estoy documentando, si a ti también te apetece, haremos un recorrido por el Mediterráneo hasta llegar a Cádiz.

Sabía que Cádiz era su perdición, lo hizo expresamente para hacerle reaccionar, decidió ir a Barcelona en ese mismo instante, ni tan siquiera había quedado con Ana ni con la editorial anteriormente. A la noche volvería con la esperanza de ver a Alex ilusionado y encaprichado por el amado ya velero de Elisabeth. Mientras se preparaba para salir, le rondaron diversos nombres para bautizarlo, se le escapó unas risas imaginando otra discusión con Alex por un simple nombre.

—¿De qué te ríes? —se rio él también al escucharla.

—De nada... me voy, regresaré antes de las nueve, espérame para cenar ¿De acuerdo? Te quiero.

—Bien, te esperaré. —se le escapó una gran sonrisa mientras la besaba, la rodeó con sus brazos y le susurró... lo pensaré, déjame que reflexione, te adoro.

Alex, es una persona tremendamente sensible y por otra parte racional, esa doble dimensión hace que desee lo mejor para las personas que le rodean, y mucho más para la persona que ama. A lo largo de su vida, ha sufrió altibajos, como todo el mundo, pero en ocasiones han sido verdaderas necesidades perentorias, ahora en una situación más estable, y con una cierta edad, no desea volver a vivir momentos de angustia, y mucho menos que su amada Elisabeth tuviese algún tipo de problema de carácter económico.

Esa dualidad, le hace reaccionar como un tipo conservador, cuando en realidad es todo lo contrario. La ilusión de toda su vida era poseer un velero. Elisabeth lo sabía y había dado un paso transcendental. Pero a veces las personas tenemos reacciones extrañas.

No tardaría Alex en ilusionarse.

Durante el trayecto hacia Barcelona recordó toda la discusión, se repetía una y otra vez las palabras absurdamente utilizadas en su primer enfado como pareja. Se arrepintió de poner en duda su nueva imaginada relación con Ernesto. Creía conocer muy bien a Alex, pero tras aquel incidente se percató que aún le faltaba mucho por descubrir de su carácter. Confiaba en que finalmente accedería a la compra del velero, al fin y al cabo sabía que siempre lo había deseado, sería absurdo renunciar a ello por unos pensamientos materialistas sin fundamento. Su divorcio con Ernesto les permitía económicamente invertir en ello y el trabajo realizado mediante sus escrituras a bordo, serian la manera de recuperar parte del dinero. Tenía pensado diversas posibilidades de plasmar sus viajes. Decidió acercarse a la editorial Spring

Renews, fueron los primeros en apostar por ella después de Aura de Mujer. Le interesaba conocer la opinión de Olga Hazas sobre su nuevo proyecto. Se lo enfocaría como algo diferente, lejos de la escritura que estaban acostumbrados de ella, no pretendía hacer ninguna novela esta vez, su intención era relatar pueblos del Mediterráneo junto las anécdotas de navegar a bordo de un velero.

—Muy bien Elisabeth, me parece una idea fantástica ¿Entonces sería un libro conjunto con Alex Reinado desde el principio al fin?

—Si, esa es la idea, a no ser que uno de los dos decida abandonar al otro y quedarse en algún puerto. —bromeó Elisabeth.

—Conociéndoos a los dos estoy segura que esto no sucedería nunca, amáis demasiado las letras. Juntos hacéis un equipo perfecto. Y si vuestra pasión es el mar ¿Dónde está el problema? —le acarició un brazo mientras le sonreía.

—El problema soy yo, reconozco que a veces soy demasiado impulsiva. Alex es más racional.

Durante la conversación con Olga recordó como se había ido esa misma mañana de casa con la incerteza de si Alex aceptaría finalmente la compra del velero. En vez de esperar a su respuesta ya se encontraba negociando con la editorial, su carácter impulsivo no dejaba lugar a incertidumbres. Se marchó con un contrato entre las manos, un plazo máximo de quince meses para la entrega de su próximo libro, tuvo que dejar un título provisional para ello, decidió llamarle...”Placeres de mar”, mientras lo nombraba se le escapó una mueca de preocupación.

—Es solo provisional el título, puedes cambiar el nombre en el último momento si lo deseas, es solo una referencia para nuestra editorial. No te preocupes Elisabeth por ello.

—Gracias sí, debo pensarlo bien, ha sido un impulso, no teníamos ningún nombre pensado —se rio, mientras ideaba la manera de cómo explicarle a Alex este nuevo contrato y ese nombre de título, sin contar una vez más con su aprobación.

Decidió contárselo según lo viera esa noche al regresar, por nada del mundo le gustaría discutir de nuevo con él.

Se dirigió hacia Coffee&Books, hacía semanas que no veía a Ana, en cuanto entró en el local tuvo una sensación extraña, ya no le pareció tan idílico como antes. Ahora lo veía con otros ojos, se percató de todo el sacrificio que en su día tuvo que hacer para mantener aquel ritmo frenético de horarios interminables y la total dedicación por mantener actualizadas todas aquellas obras literarias que con tanto amor se exhibían sin descanso.

Era momento de decir adiós a su pasado. Le apetecía enormemente descubrir el placer de libertad que les produciría navegar con el velero, ninguna atadura, solo el placer de vivir al antojo del mar. No podía esperar hasta la noche para saber su respuesta, cogió su móvil, dudó entre enviarle un mensaje o realizar una llamada, pero no le quedó más remedio que esperar, vio como Ana se acercaba a ella.

—¡Elisabeth! No te esperaba ¿Habéis bajado hoy a Barcelona?

—Hola Ana, Alex se ha quedado en Cadaqués, he bajado yo sola, necesitaba arreglar unos papeles en la editorial.

—Eso es que ya estás preparando un nuevo libro ¿Me equivoco?

— No, no te equivocas y además será un libro diferente y especial esta vez.

—¡Que intrigante! te invito a comer y me lo cuentas todo ¿Te parece bien?

—¡Sí, perfecto! Tengo tantas cosas que contarte Ana.

—Espero que todas buenas. —le sonrió buscando su complicidad.

Durante la comida, Elisabeth no dejó de contarle toda su aventura del velero, su secretísima compra y la reacción de Alex fueron los pilares de la conversación. Le reconfortó las palabras de Ana animándola a seguir con ese sueño, ella también estaba convencida que Alex acabaría aceptándolo.

Se despidió de Ana con un fuerte abrazo, de llevar a cabo su aventura, pasarían unos meses sin volver a verse.

Eran casi las seis de la tarde, en un par de horas estaría en Cadaqués, desestimó llamarle para avisarle que salía de Barcelona prefirió esperar, él tampoco había hecho ningún intento durante el día por comunicarse con ella.

Dudó si aquello era bueno o no...

CAPITULO 31

—¡Elisabeth!, mañana estaremos preparados para hacernos a la mar.

—¡Ah! ¿Sí?, pues partamos cuanto antes Alex, que ilusión Alex. ¿Preparamos los equipajes entonces? Sí, yo te ayudo Elisabeth, verás que días nos esperan navegando.

Ambos con la ilusión de un niño con juguete nuevo, se preparan para su primera travesía a borbón del Aura, así lo bautizaron por fin después de barajar entre varios nombres para su hermoso velero. A la mañana siguiente en los muelles de Cadaqués, lucía esplendoroso el Aura, bajo un cielo azul y unos reflejos en las aguas del puerto que invitaban a la navegación. El navío contaba con todos los adelantos para afrontar cualquier travesía, radares, un sistema G.P.S, de localización avanzada, rumbo automático y sistemas de seguridad que evitan el riesgo de colisión en la mar. Estaba todo dispuesto para zarpar y surcar los mares.

—¡¡Suelta amarras Elisabeth!! Que partimos en el acto. El suave sonido del motor de la nave de veinticinco metros de eslora, inició su movimiento lateral de desatraque.

A los dos intrépidos marineros se les pusieron los vellos de punta y de sus brillantes ojos parecía que a punto estaban de brotar unas lágrimas de alegría. La emoción era máxima. Su sueño de surcar los mares había dado comienzo.

—¡Atenta, Elisabeth! Acércate cariño.

La ancha bocana del puerto parecía ahora estrecha para ellos. La embarcación puso proa hacía el exterior de la bahía. Una vez efectuada la maniobra inicial, Alex se dispone a desplegar las velas que empujadas por un viento favorable de tramontana les pondría rumbo al sur.

—¡Elisabeth!, vigila la giroscópica, rumbo 1.8.0, al sur Elisabeth.

Parado ya el motor, solo se oía el sonido de viento empujando las velas, volando sin alas, flotando en ese Mediterráneo azul como nunca, limpio como una patena, un suave oleaje era el que daba un sutil y agradable vaivén propio de una navegación placentera. Elisabeth y Alex no articulaban palabra, absortos por la emoción. Solo tuvieron un acto reflejo y sincronizado que les llevó a besarse.

—¡1.8.0, Elisabeth!

—Sí, sí, Alex, al sur.

—Hazte con el timón Elisabeth, que voy a recoger esos cabos.

—¡A la orden capitán! Ja, ja, ja.

—Sí, solo me falta el parche en el ojo y la pata de palo, ¿no?

—Cuidado con las ráfagas de viento, tensaré un poco la mayor para evitar el exceso de presión.

—¡Viento en popa Alex!

—¡Sí pero no tanto! que esto no es una competición de vela, es un viaje de placer. Aunque para mí el verdadero placer es tenerte a mi lado Elisabeth.

—Nos mantendremos a cuarenta millas de la costa, así tenemos tierra a la vista siempre.

—Voy a preparar algo para cenar Alex. ¿Tendrás hambre no?

—Pues la verdad no mucho, pero si tendremos que cenar algo.

—Está lista ven, seguro que te apetece.

—¡Vaya!, como siempre me sorprendes, pero bueno ¿de dónde has sacado esto? Eres una cocinera excelente, hasta a bordo de un barco. Y cava y todo, ¿celebramos algo?

—Sí, Alex celebramos que somos felices, ¿Te parece poco?

—Iba a decir, solo faltan las velitas, pero ya veo que no, esos farolillos hacen de velas. Ni un solo detalle. Me tienes enamorado ¡Salud! Brindemos ¡por nosotros! Mira Elisabeth, aquellas luces que se ven afectados lo lejos, son los rascacielos de Benidorm.

—¡Ah!, sí, ya veo entonces estaremos atentos, mitad de camino ¿no?

—Sí más o menos. En un par de horas veremos el faro de Almería, allí cambiaremos el rumbo, a oeste, sureste, el navegador nos lo indicará.

—Alex, ¿Qué es este artilugio?

—Eso... je, je, eso es un sextante Elisabeth.

—¿Un qué?

—En la antigüedad no existían los sofisticados aparatos de navegación y comunicación que llevamos hoy día, navegar era siempre estar en riesgo de quedar perdidos a la deriva. La forma de orientarse en el mar era a través de estos instrumentos y con el cuaderno de bitácora, donde se iban anotando todas las incidencias y referencias de posición. El sextante era un Instrumento astronómico que se utilizaba para determinar la posición de un astro, generalmente el Sol, desde un barco o una aeronave y que está formado por un sector de círculo graduado de sesenta grados y un juego de lentes. Y de noche a través de las estrellas. Mañana te enseñaré a usarlo. Si tienes sueño cariño, duérmete, yo me quedo aquí al mando.

—No, no, me encanta esto, me quedo contigo.

A los pocos minutos, los ojos de Elisabeth empezaron a entornarse, había sido una jornada repleta de emociones, pero cuando rinde el sueño... solo hay una solución.

—¿Y tú Alex, no tienes sueño?

—No cariño, pero tú debes dormir, en unas horas tendrás que hacerte cargo de la navegación y yo descansaré, ¿De acuerdo?

El silencio reina en el mar, solo roto por el suave murmullo del oleaje. Esta es una de esas sensaciones difícilmente explicables si no se viven en directo. Una gran embarcación es en realidad una cáscara de nuez en la inmensidad del mar. Un amanecer en el Mediterráneo sur es como una caricia de sol en el rostro y un efecto visual inigualable.

—¡Elisabeth! ¿Cómo va eso?

—Sube a cubierta Alex, mira que espectáculo.

—A ver... ¡qué maravilla!, sopla viento de poniente Elisabeth, vamos a arriar la mayor para que no nos frene el avance. Es normal, por esta zona. Según nos aproximemos a la punta de Tarifa, el viento será más fuerte, es posible que tengamos que ir a motor.

Elisabeth, fíjate en esto, el mar va cambiando su tono, del azul luminoso mediterráneo poco a poco se irá haciendo gris plomizo, propio del océano.

Tras una hora larga lograron alcanzar su primer objetivo.

—Elisabeth, tenemos a la vista Tarifa, el punto más al sur de la península. Estamos a unas 80 millas del puerto de Cádiz. Voy a comunicar con el control marítimo para solicitar punto de amarre.

—¡Aquí, Charly Delta 113 para control marítimo, cambio...

—Adelante Charly Delta113.... cambio...

—¡Aquí Charly Delta, solicitamos permiso para punto de amarre en el puerto de Cádiz, cambio...

—¡Copiado Charly Delta, le pasamos con el práctico del puerto, cambio...

—¡¡Atención!! C.D le habla el práctico del puerto, arríen todas las velas antes de entrar en la bocana y mantengan rumbo 3.0.y velocidad 2 nudos, hacía el muelle sur, cambio..

—Aquí, C.D, copiado, de acuerdo, cambio…

—A ver cómo nos sale la maniobra Elisabeth, esto hace tiempo que... Aguanta el timón, que voy a lanzar los cabos a tierra.

—C.D, gazas encapilladas, inicie la recogida de estachas.

—Copiado, gracias.

En menos de cinco minutos el Aura quedaba amarrado a su primer destino.

—Bienvenidos a Cádiz, pueden pasar por la administración del puerto, aquí tienen el parte de amarre.

—Gracias, vamos Elisabeth.

—¿Muchos días de amarre, señores?

—En principio tres...

—Está bien, tienen la toma de agua potable a su disposición en el punto de amarre.

—Gracias por todo. Vamos a dar un paseo, llevamos muchas horas de navegación.

—¿Señora Espríu?

—Sí, dígame.

—Aquí tiene sus llaves.

Elisabeth, sorprendida coge las llaves y le parecen familiares.

—Alex, son como…

—Ahora te toca a ti conducir, estamos en tierra.

Ante ella un Fiat 500, blanco, idéntico al suyo.

—¡¡¡Es mi coche!!! ¿Alex?...

— No, Elisabeth no es el tuyo, es de la agencia de alquiler.

— Alex, muchas gracias.

—Anda, llévame a tomar algo. ¿Cómo se te ocurrió la idea del coche?

—Elisabeth, no tengo otra cosa que hacer más que pensar en ti. Mañana iremos a Sevilla, lo necesitamos.

—Qué maravilla Alex. Te has ganado esto.

Un gran beso sirvió para sellar una más que emocionante llegada a la Tacita de Plata.

—Cádiz, la puerta de Europa, Elisabeth en esta plaza tuve mis primeros sueños de juventud. Ahora pasados los años, entiendo que hay un pasado para olvidar, pero no es este.

—Bonita ciudad Alex, la luz es diferente aquí.

—Sí, es como el encuentro entre dos mundos. Gira por esa calle Elisabeth vamos a la Catedral...

—¿A la Catedral? Te estás volviendo muy creyente veo.

—No Elisabeth, me encanta la cultura y esta catedral es la representación de la influencia de la invasión francesa y además la constancia de la pérdida de las riquezas de ultramar por parte del imperio español. Es por eso que presenta varios estilos diferentes en su arquitectura. Y fíjate en su nombre, Santa Cruz del mar.

CAPITULO 32

—Espera un momento Alex, mi teléfono no para de vibrar, voy a ver quién es.

Seis llamadas perdidas, todas de Ernesto.

—¿Qué hago, le llamo?

—Ya dejará algún mensaje. —contestó Alex sin darle importancia.

—Pero ¿Y si es algo importante? Voy a llamarle.

—Está bien, mientras voy a tomar un café allí enfrente.

Alex se dirige a un pequeño bar quiosco y piensa…

"Escribir… es como coger una pompa de jabón con las manos.

Efectivamente, escribir es eso… Escribir… es querer atrapar con las manos el agua bendita que se quiere escapar de entre los dedos. Escribir… es agarrar un pensamiento o un sentimiento y perpetuarlo en el tiempo. Escribir… es crear ideas y darles la vida eterna.

Escribir… es dar y darte vida, convertir fantasías en realidad palpable. Escribir… es soñar y hacer soñar. Escribir… es volar más alto que las estrellas y volver para contarlo. Escribir… es amar y amarte a ti mismo/a…La pluma es nuestra nave y el papel nuestra pista de aterrizaje. El tintero nuestra sangre, que sin duda fluye por lo más recóndito de nuestro cerebro y acaba estampada en el papiro para dejar constancia de nuestra existencia .La llama de la vida se extinguirá cuando se acabe la mecha, en cambio nuestros escritos serán el legado a las generaciones venideras, que ha de ser la fuente alimenta las ansias por el saber.

Escribir… es acreditar que un día estuvimos vivos".

Elisabeth temía que sucediera algo relacionado con sus hijos, nunca la llamaba sino era para algo importante.

—Ernesto ¿Me has llamado?

—Sí claro que te he llamado ¿No ves mis llamadas en el móvil?

—Está bien ¿Qué quieres? —mantuvo la cordura.

—No nada, solo quería preguntarte… ¿Cuánto va a durar la tontería del velero? No soportaba aquel tono de voz que Ernesto solía utilizar cuando deseaba ridiculizar a alguien.

—¿A qué viene esto ahora? Se te olvida que no tengo que darte ninguna explicación de mi vida personal.

—Si afecta a mis hijos sí. —le contestó furioso.

—Para empezar son mis hijos también, y decirte que con Laia y Pau mantengo contacto a diario. Si me necesitan seré la primera en enterarme ¿No crees?

—Bueno eso lo dices tú… aunque sean mayores de edad, no estás ejerciendo como una buena madre.

Desconocía el motivo del por qué intentaba coaccionarla, pensó que con Veronique las cosas no iban bien.

—Por cierto ¿Cómo está Veronique?

—No cambies de tema ¿Vuelves esta semana?

—¿Esta semana? No, tal vez dentro de unos meses. Los niños tienen las llaves de mi casa en Cadaqués, pasarán el verano allí.

—Te das cuenta que has dicho "mi" casa? ¿Alex no pinta nada?

—terminó con una carcajada.

—Ernesto voy a colgarte… no tengo por qué oír tus estupideces. Adiós.

Colgó el teléfono temiendo que Ernesto volviera a entrometerse en su relación con Alex. Aquella llamada la incomodó, mintió a Alex sobre ella, nunca antes lo había hecho, jamás se escondía de las pocas comunicaciones que mantenía con él, generalmente por motivos relacionados con sus hijos. Se inventó una inocente mentira haciéndole creer que Pau subiría a Éze para ver a su padre. Se sintió mal todo el día por aquel cobarde engaño, procuró no exteriorizar su preocupación, intentó eludir aquella llamada pero le era imposible al recordar el tono de voz y la ironía utilizada por Ernesto.

Volvió a sentir miedo por él, le angustiaba la incertidumbre de repetir una situación semejante a lo ya vivido en Éze. No quiso romper la magia, preocupar a Alex por suposiciones era una invitación a un pasado

—Vamos a la playa de la Caleta, tomaremos unas cervezas en el bar más emblemático de esta ciudad.

—Te vuelvo a decir Alex que me encanta esta ciudad, incluso debe estar muy bien para vivir.

—O incluso para morir Elisabeth. Vamos, vamos... no podemos irnos de aquí sin hacer una visita a la taberna de La Peña.

 —¡Ah!, sí, la famosa taberna de tu antiguo relato, pero ¿existirá aún?

—Quién sabe, hace mucho tiempo, desde luego.

—Está bien, guíame...

—Ese es el problema, no recuerdo... ¡ah!, sí, ya recuerdo, es por ahí., sí por ahí seguro. Aparca el coche Elisabeth, aquí, aquí,

—Voy, voy…

—Mira, Taberna literaria, ahí está.

—Vamos, estoy deseando verla, ya me la imagino con la descripción que hiciste de ella en aquel relato.

—Sí, nunca creí que volvería aquí. Es curioso, tantos años y está todo igual, parece como si no hubiese pasado el tiempo por aquí. La fachada del edificio, la puerta aún de madera y el letrero, es el mismo diría yo.

Pasemos…

—Buenas tardes.

—Buenas tardes señores, ¿Qué va a ser?

—Déjenos pensar, mientras admiramos su maravilloso local.

—No faltaba más, piensen, piensen...

—Has visto Elisabeth, no es el mismo tipo de antaño, es lógico, en cambio yo diría que el delantal sí, largo hasta los tobillos y el inconfundible estilo churreresco.

—¿Churreresco?

—Sí, los mismos "churretes" de grasa acumulada de frotarse las manos en él entre servicio y servicio.

— Ja, ja, ja, ¡Alex! Que te puede oír, ten cuidado.

—Ahí sigue el cuadro de José María Pemán, ¿Te dije que lo llegue a conocer en persona?

—Sí Alex, cientos de veces, no es que me apasione Pemán la verdad Alex, pero comprendo que te hiciese ilusión.

—Bueno, literariamente a mí tampoco, pero hay que situarse en la época, era el escritor predilecto del dictador, ¿Qué le vamos a hacer?

—Mira la misma barra de mármol, todavía sigue ahí, ¿Cuántas copas y platos habrán pasado por ella? Aquellos de allí, en aquella mesa, fíjate, deben ser descendientes de los que una vez me miraron de forma extraña, otros ojos, pero la misma mirada, ¡increíble! ¡Ah!, y el letrerito de marras. Es la clave para pedir aquí algo, observa. "Para pedir, hay que dedicar".

—O sea que tenemos que componer un poema si queremos tomar algo, ¿no?

—Con un simple pareado será suficiente. Por ejemplo:
"de Cataluña venimos y a usted le pedimos" —¿Qué te parece?
—Me parece que estamos un poco locos Alex.
—¿Qué, catalán… se han decidido ya?
—Sería usted tan amable...

> "Con nuestro vil metal,
> llegados a esta capital,
> sería de nuestro agrado
> probar un fino, con grado,
> ¡Ah!, y a falta de colchón
> un trozo de ese salchichón".

—¡Vaya! catalán, esto sí que no me lo esperaba, genial, ahora mismo les sirvo. Ya veo que no es la primera que vienen ustedes por aquí.
—Pues, no, no es la primera vez, la primera me costó lo mío tomarme ese fino.
—Ja, ja, ja.
Aquel hombre reía y reía, no entendía por dónde iban los tiros, pero se notaba que le agradaba nuestra presencia allí.
—Alex, si no lo veo, no me lo creo, eres increíble.
—La próxima ronda la pides tú Elisabeth.
—¿Yo?, ja, ja, ja. Pues déjame pensar.., ja, ja, ja…:

> "Esto es una sorpresa
> pero no quiero caer presa,
> no esperaba hacer esto jamás
> pero no beberemos más."

—Tienes razón, por hoy es suficiente.

—¿Qué le debemos?

—Están ustedes invitados.

—¿Cómo?, no, no, de ninguna manera.

—No insista, están invitados, no nos visitan demasiado escritores como ustedes.

—Pues, gracias por todo, ¿señor?

—Rafael, Rafael Belmonte, para servirles.

—Pues gracias Rafael, hasta la próxima.

—Elisabeth, ¿estarás cansada, no?

—La verdad, sí lo estoy.

—Pues vamos al barco, descansaremos. Mañana podemos hacer una visita exprés a Sevilla.

Regresaron alrededor de las doce de la noche, durante el camino de vuelta al velero no dejaron de recordar todo cuanto habían visitado, coincidieron en reconocer lo agotados que se sentían, pero con la innata satisfacción de haber alimentado sus ansias de conocer Cádiz nuevamente por Alex y desconocida por Elisabeth.

En la cubierta del precioso velero, recostado sobre un amasijo de cabos Alex miraba absorto al cielo.

—Alex, ¿En qué piensas?

—Recuerdas que una vez vi pasar una estrella fugaz, y pedí un deseo…

—Sí, lo recuerdo.

—Pues ese deseo se cumplió.

—Y se puede saber qué deseaste.

—Claro, desee tenerte a mi lado, y aquí estás, a mi lado. Te adoro.

—¡Adulador! Yo también te adoro Alex.

Le apeteció de nuevo ver sola el amanecer, le resultaba diferente la luminosidad de los amaneceres desde diversos puntos de la costa. Admiraba como diversas tonalidades alcanzaban su mayor esplendor en tierras gaditanas, se enamoró de ellas al instante, entendió entonces el amor de Alex reflejado en numerosos poemas sobre Cádiz. Se apresuró en prepararse un café, apreciaba esos momentos de soledad, necesitaba diariamente reencontrarse con ella, le gustaba escribir todos los detalles de cada día anterior a modo personal que más tarde utilizaría junto las reflexiones de Alex para su próximo libro, más de dos meses transcurrieron desde su visita a la editorial, todavía dudaba en su título, placeres de mar, amor de mar... Pero aquella mañana era diferente, no le apetecía relatar su visita por Cádiz, su preocupación por Ernesto le impedía inspirarse en su futuro libro. Decidió escribir sus temores, le ayudaba a desprenderse de ellos. Hubiese sido más fácil si compartiese con Alex su malestar, seguramente le respondería un "no te preocupes por nada" como solía repetirle cada vez que cualquier preocupación rondaba por su cabeza.

—Buenos días cariño

—Buenos días Alex, lo siento ¿Te he despertado? —se apresuró en cerrar su cuaderno.

—Deberías dormir más, sé cuánto te gusta escribir temprano, pero anoche nos acostamos tarde.

—Ya me conoces, me gusta hacerlo a esta hora, debo aprovecharlo. Solo escribía nuestro recorrido gastronómico de ayer en Cádiz

—Estupendo, muy bien ¿Quieres que lo lea? Me entusiasman tus detalladas descripciones, eres capaz de visualizar cualquier insignificante detalle decorativo de todos los restaurantes, tabernas y cafeterías donde vamos, algo fuera de mi alcance.

Ahora yo ando un poco perdido, no sé muy bien donde centrarme para seguir con mis reflexiones sobre Cádiz.

—Bueno no sé, la verdad es que yo también ando perdida, solo estaba repasando lo ya escrito.

—¡Ah! Entendí que escribías nuestra ruta gastronómica, no importa, voy a prepararme un café, enseguida vuelvo.

—Sí, claro. —se enfureció con ella misma, estaba mintiendo a Alex por unas suposiciones seguramente absurdas. Si descubriera que en realidad escribía sus miedos por aquella llamada de Ernesto, se molestaría por no confiar en él.

CAPITULO 33

—¡Ernesto! ¿No piensas levantarte hoy tampoco de la cama?
—gritó exaltada.

—¡Déjame Veronique! ¡Me levantaré a la hora que yo quiera!
—le respondió Ernesto embriagado.

—Estás insoportable ¿Cuánto bebiste anoche? ¡Hace unos días faltaron dos botellas de vino y una de coñac en el restaurante del hotel, empiezo a pensar que eres tú quien nos las roba!

—¡¡Bingo!! Madame Veronique ha descubierto el crimen, ja, ja, ja.

—¿Entonces fuiste tú? ¡Qué vergüenza! ¿Por qué no dejas de una vez de lamentarte y afrontas que Elisabeth está con Alex? Ella nunca volverá contigo. Olvídate de ella para siempre no ves....
Ernesto se levantó de golpe de la cama, no dejó que terminase de hablar, se dirigió a Veronique con gesto de rabia y la agarró fuertemente por el brazo.

—¡¡No vuelvas jamás a mencionar a Elisabeth!! ¡¡Ella volverá a ser mía, Veronique!!

—¡Quítame las manos de encima! —se apartó bruscamente de él.

—Es la última vez que me hablas así ¿Quién te crees que eres? ¡¡Coge tus cosas y lárgate de una vez!! —le miró con rabia a los ojos.

—¡¡Sí me voy!! ¡Pero porque yo quiero! sé que pronto Alex dejará a Elisabeth, quiero estar en ese momento.

—Estas borracho, no sabes ni lo que dices ¡Anda vete! Mi abogado se pondrá en contacto contigo lo antes posible. ¡Tú y yo nos separamos!

— ¡Y no sabes cuánto me alegro!— de nuevo una carcajada.

— ¡Estás enfermo! Tus celos por Alex no te dejan vivir.

— Tranquila, esto dudará poco...

— ¡Vete Ernesto! ¡¡No te aguanto más!!

—Oui Madame...

Veronique salió de la habitación irritada y enojada por aquel episodio, pensó en llamar a su abogado inmediatamente, quería terminar cuanto antes con él.

Ernesto abandona Éze, se instala en un hotel de Niza, poseído por un extraño malestar interno que para él es un sin vivir. La hermosa mujer francesa no sirvió para que olvidase a Elisabeth. Estaba dispuesto a todo para recuperarla. Se puso en contacto por teléfono con su hija mayor.

— Laia, soy papa.

— ¡Papá!... ¿Ocurre algo?

— No, no, ¿Por qué me lo preguntas?

— Es raro que llames, a estas horas y por tu tono de voz pareces preocupado, dime…

— ¿Sabes algo de mamá?

— Hablé con ella cuando partieron de viaje

— ¿De viaje, adónde?

— A Andalucía, creo que están en Cádiz ahora. ¿Por qué?

— No, por nada, bueno ya te llamaré, ahora recuerdo que tengo algo que hacer, un beso para ti y para Pau.

— Vale, papá, un beso. Adiós, papá.

Inmediatamente, salió del hotel, se dirigió a un cajero automático, necesitaba dinero en efectivo para sus planes. Se dirigió a uno de esos antros que solía frecuentar en sus devaneos de vez en cuando.

— François, ponme una copa...

— ¿Whisky señor? Sí, claro... Oye François, ¿está por ahí Rony, el americano?

—No creo que tarde, tenga cuidado señor.

— No te he pedido consejo. Ponme otro.

— Está bien, ahora mismo.

— ¡Hombre!, Rony, a ti te buscaba.

— ¿Nos conocemos?— Respondió Rony desconfiado

—Claro, Rony no te acuerdas soy Ernesto de Éze,

— ¡Ah!, sí, ya... ¿Qué pasa?

—Necesito que me hagas un favor. Te pagaré Rony…necesito una pistola.

— ¿Un pistola, estás loco? No bebas más anda.

— Rony, esto va en serio

—Te va a costar pasta un arma limpia.

—No hay problema por eso, pero la necesito ya. Ahora.

— Bueno, bueno tranquilo. ¿A ver lo que traes?

— Aquí hay suficiente para lo que me pidas…

—Guarda eso, inútil.

Con un chasquido de sus dedos Rony le hace una seña a uno de sus compinches, que no tarda en acercarse a él. Le susurra al oído una especie de orden y...

—Bueno, vas a tener suerte, pero escúchame bien, tú a mí no me conoces de nada, ¿está claro?, y yo a ti tampoco. Un paso en falso y ya sabes...

—Tranquilo Rony, esto no sale de aquí.

—Y deja de llamarme Rony, ¿De acuerdo?

—Está bien Rony, perdón.

—Vamos tómate otra copa, estás muy nervioso, está vez te invito yo.

Al rato, apareció su cómplice con una bolsa de deporte, en su interior se entiende que traía el pedido de Ernesto.

—Abre la bolsa. Ahí tienes, tú sabrás lo que haces, yo no quiero saberlo.

—No me has dicho el precio.

—Dame mil euros y lárgate de aquí ya.

Ernesto cogió aquella bolsa y sin más abandonó el local a toda prisa. Estaba algo asustado, pero su ira era más fuerte que sentido común. Se armó de valor, entrando en otro bar, alejado de la zona, tenía que pensar, creyó que una copa más le ayudaría a organizar sus macabras intenciones.

El ser humano demuestra su debilidad cuando ha de refugiarse en el alcohol o en otras substancias para gestionar su actividad cerebral. La ira y los deseos de venganza surgen con facilidad en esas circunstancias. Ernesto no era un hombre, aficionado a la bebida, la pérdida de Elisabeth fue el detonante para que cayese en ese hábito.

CAPITULO 34

—Eres hombre muerto Alex... te voy a matar   ¡¡Sí, maldito seas!
—Monsieur, s'il vous plait, ¿Se encuentra bien, necesita ayuda?
—Déjeme en paz.
Salió del bar, apenas mantenía el equilibrio, más parecía querer hacer un punto de cruz con sus pies. Se retiró a la habitación del hotel, se quedó dormido encima de la cama. Pero su mente perturbada no descansó, al cabo de un par de horas, los efectos del licor se paliaron con la ayuda de una ducha con agua fría. Se sentó en la cama y no paraba de mirar la bolsa que portaba el arma que iba a acabar con su calvario.
La abrió, no estaba acostumbrado al manejo de armas de fuego.
La observó, sabía que era una pistola semiautomática, no tendría problema para usarla. Su delirio le llevó a dar un beso al arma.
—Tú eres mi salvación, contigo la conseguiré. No habrá salida, se tirará a mis brazos. Soy su hombre. Lo soy, es solo mía…
Sin pensarlo más abandonó el hotel, cargó un escueto equipaje y la bolsa que le acompañaría hasta su destino Cádiz. Después de una jornada de viaje, apareció en la capital andaluza, lo primero era buscar un lugar donde pasar la noche, cerca del puerto.
A pocos metros de la entrada portuaria encontró una pensión en una calle repleta de bares de ambiente distraído, diríamos. Allí pasaría desapercibido. Insistió en que la habitación tuviese vistas

hacia el puerto. Al entrar, lo primero que hizo es cerciorarse de que desde aquella ventana se veía la zona de transitivo de puerto.

—Sí, sí, perfecto, gracias. Que no me moleste nadie, ¿De acuerdo?

—Desde luego señor, no se preocupe.

A la mañana siguiente…Era el tercer día en que Elisabeth y Alex verían amanecer en Cádiz, le apetecía un rumbo nuevo, decidió pedírselo a Alex en cuanto se levantara. Aunque sabía muy bien que se irían pasada la tormenta, deseaba ir preparándose para un nuevo destino. Dejó su teléfono en un rincón de la cubierta, necesitaba un café, y abrigarse, fue a buscar un jersey, no alcanzaba a ver nada sin luz, cogió el primero del pequeño armario, resultó ser uno de Alex, especialmente el que en muchas ocasiones le acompañaba en sus noches de vela mientras escribía entre otras cosas un poema que leería como todas las mañanas Elisabeth. Todavía no había leído el de aquella mañana.

Se preparó un café con leche bien caliente, taza en mano, se sentó en el mismo sitio que lo había estado haciendo desde el primer día. Leyó su poema:

"Solo las diosas como tú pueden
tener tanta luz en sus ojos.
Solo las estrellas como tú pueden
brillar como tu sonrisa.
Y yo estoy aquí en la oscuridad
esperando el momento de volver a verte".

Con una sonrisa en sus labios agradeció interiormente ese gesto que tan dulcemente Alex cumplía todos los días. Aquel especialmente le hizo mucha gracia, hacía apenas unos momentos había bajado a buscarse algo de ropa para abrigarse en medio de la oscuridad. Desde que se conocieron llegaron acostumbrarse a vivir muchas coincidencias e intuiciones entre ellos dos, aquel escrito era uno más de tantos. Le pareció escuchar a Alex, se levantó.

—Cariño ¿Me has llamado?

—Sí, no encuentro mi jersey azul ¿Sabes dónde lo he dejado?

—¿Te refieres a éste? —se rio mientras se lo quitaba. Toma, tenía frío y lo cogí, ya me pongo otro.

—¡Ah! ¿A ver? Huele a ti.

—Que exagerado eres ¿Cómo va a oler a mí? Solo lo he llevado puesto un ratito.

—¡Pues huele a ti y me encanta!

—Anda, te espero arriba. —le sonrió. —el café está ya preparado.

—Subo en un momento y preparo las tostadas del desayuno.

—Está bien, pero las mías con muy poca mermelada, no soy tan dulce como crees que soy— Se le escapó una carcajada.

—Para mí sí. —la besó cariñosamente en la mejilla.

Vio su teléfono parpadear, una llamada de Laia y tres de Ernesto. Pensó en llamar primero a Laia, la coincidencia de llamar los dos al mismo tiempo le intrigó.

—Hola Laia ¿Cómo estás?

—Hola mamá, te he llamado porque papá me ha preguntado dónde estabas, lo he notado raro ¿Otra vez os habéis peleado? Si es por el dinero que os pedí, no os preocupéis, pienso que podré arreglármelas.

—¿Por el dinero? No cariño, esto ya lo hemos hablado, no hay ningún problema, papá hará el ingreso esta semana, no te preocupes, pagaremos la matrícula del curso.

—Gracias mamá. —le contestó agradecida.

—¿Le dijiste a papá que estaba en Cádiz?

—No lo recuerdo muy bien, tal vez sí… ¿Por qué?

—Por nada cariño, no te preocupes. —no era cierto, sí que le preocupaba.

—Está bien mamá, debo dejarte, hablamos durante la semana. Un beso.

—Un beso cariño, luego llamaré a Pau, mañana tiene una entrevista importante de trabajo, quiero darle ánimos.

En cuanto colgó, pensó en llamar a Ernesto.

—¡Elisabeth! El desayuno ya está listo ¿Vienes?

—Si, voy.

—¿Solo una tostada? Tendrás hambre luego, toma coge otra.

—No, está bien así, no tengo mucha hambre y me apetece pasear por el puerto antes de que empiece a llover.

—¿Por el puerto? Está bien te acompaño.

—Bueno quería pasar por aquella tiendecita de tejidos a la entrada del puerto. Ya voy sola, no te preocupes sé cuánto te aburre este tipo de tiendas.

Las intenciones de Elisabeth eran desayunar lo antes posible y salir del velero para poder realizar la llamada a Ernesto, su invención de visitar aquella tienda no era más que su estrategia para llevarlo a cabo sin la presencia de Alex

—Sí es cierto, está bien, luego cuando vuelvas podemos ir a dar un paseo por el centro.

—Estupendo. Bajo a ducharme y me voy.

—Qué prisas tienes, yo me quedo un poco más aquí, yo sí tengo hambre, voy a prepararme algo más de comer.

En menos de veinte minutos se dirigió a la entrada del puerto, quiso buscar un rincón alejado de curiosos para realizar la llamada.

—Ernesto ¿Qué quieres?

—Hola mi amor, necesitaba oír tu voz…

Un silencio prolongado. Hacía años que no la llamaba así.

Aquello todavía la extrañó más. No quiso por ello darle importancia.

—¿Qué quieres? —volvió a repetirle.

—Ya te lo he dicho, oír tu voz.

—¿Has bebido? Y Veronique ¿Está ahí contigo?

—No, estoy solo. Nos hemos separado. Me es imposible quererla De nuevo un silencio…

—Te amo a ti Elisabeth, sigo enamorado de ti, déjame demostrártelo, me estoy volviendo loco desde nuestro divorcio, sueño con abrazarte, besarte..

—¡Ernesto, basta! ¿A qué viene ahora esto? Lo nuestro hace ya mucho tiempo que terminó. Sabes perfectamente que estoy con Alex. Entiendo que estés pasando por un mal momento si te has separado de Veronique, pero es absurdo pensar en nuestra reconciliación.

—Solo te pido una oportunidad, te quiero más que a mi vida, soy incapaz de olvidarte, haría cualquier cosa por volver a tu lado ¡¡Cualquier cosa, Elisabeth!!

—Cálmate, me estás pidiendo algo que no puedo darte, te repito que yo estoy con Alex ahora. Tuviste la oportunidad de demostrarme tu amor durante más de veinticinco años de matrimonio. Aquello ya pasó, nuestras vidas se separaron, debes aceptarlo.

—No, no quiero aceptarlo, te adoro demasiado, me acuesto y me levanto pensando en ti, no puedo trabajar, mis días se han vuelto insoportables. Necesito verte, por favor Elisabeth.

—Ernesto, debo colgar.

—No, no cuelgues, te lo ruego.

—Hablaremos en otro momento, me temo que has bebido demasiado, adiós. —colgó el teléfono asustada.

Quiso pasear antes de regresar al barco. No eran suposiciones sin fundamento, tras aquella llamada, estaba convencida que Ernesto volvería a increparles. Dudó nuevamente en explicárselo a Alex. Deseaba hacerlo pero no quería preocuparle. Se sentó en un banco de madera, era imposible que él la viera desde el velero.

Cuaderno en mano, escribió cuanto sentía, decidió que le acompañara, no podía hablar con nadie así que él sería su confesor:

"No sé qué pretendes, me sorprende tu actitud, pensé que ya todo estaba olvidado. Tuvimos nuestro momento y no supiste aprovecharlo. Luego llegó Alex, tus celos enfermizos me acercaron más a él, tu obsesión por separarnos provocaron el efecto contrario, amaba cada vez más a Alex. Cuando pienso en todas las barbaridades que llegaste a hacer, me avergüenzo de ti.

Solo hay algo que agradecerte, tu dedicación a nuestros hijos, fuiste siempre un buen padre, Laia y Pau nunca han sabido todas tus locuras y es por ello que te aman. Pero yo no, yo sí se la verdad. No me pidas que te quiera de nuevo, es Alex con quien quiero vivir el resto de mis días, disfrutar de nuestro velero, nuestros viajes, nuestros proyectos.... Le quiero como jamás he querido a nadie, sé que me adora, si algún día lo perdiese me hundiría en la tristeza. Sí, también te quise a ti en nuestros comienzos pero nada comparable a lo que siento por él. Soy fuerte, me conoces, pero no tenerle, sería volver a mi pasado, me ha enseñado a disfrutar cada momento, a soñar, a creer, a confiar en mi...fue él quien me empujó a escribir, pero tú rompiste aquel encanto con mi libro Aura de Mujer con tus malas intenciones.

Pensaste que era la solución, que equivocado estabas, me diste más fuerzas para escribir, lo alejaste de mi físicamente, pero no de mis sentimientos. Seguía adorándole, por eso le busqué incansablemente hasta Éze...."

—¡¡¡Elisabeth!!! —se giró, reconoció la voz de Ernesto al instante, se levantó de golpe sintiendo como su cuerpo temblaba de pánico. No le esperaba y menos en Cádiz.

—Lo siento, no pretendía asustarte.

—¿¡Qué haces aquí ¡? ¿¡Cómo me has encontrado!?

—Acabo de llegar, intentaba reconocer tu velero cuando te vi sentada en el banco.

—¿Has viajado hasta Cádiz solo para saludarme? —le preguntó intentando no mostrar su miedo.

—Elisabeth, te lo pido por favor, vuelve conmigo, podemos ser felices, somos una familia. En todo este tiempo no he logrado olvidarte, te quiero demasiado para renunciar a ti, mi relación con Veronique no ha significado nada, eras tú quién estaba en mi cabeza todos los días.

—Ernesto, es absurda esta conversación sabes que amo a Alex, es él quien está conmigo ahora y es lo que yo deseo. No trates de buscar más explicaciones.

—¿Es por cómo me comporté? Me arrepiento por ello, no me siento orgulloso, pero si lo hice es porque te amaba.

—No sigas, por favor, pareces no querer entender que mi vida está con Alex.

Respétame y acéptalo. Jamás volveré contigo y te ruego no intentes hacernos daño.

—¿Cómo voy hacerte daño? Si eres lo que más quiero, nuestros hijos son el fruto de nuestro amor, me has dado dos hijos maravillosos...

—¿Sabe Alex que estás aquí? —le interrumpió.

—Claro que no, ya te he dicho que intentaba localizar el velero cuando te vi. Escapemos Elisabeth, olvídate de Alex, no hace falta ni despedirte de él, tengo el coche aquí mismo. Ya le llamaré yo para decírselo…venga vamos…

—Pero ¿Tú te estás oyendo? Me parece que ni me escuchas a mí, ni tú sabes lo que estás diciendo.

—Sí, claro que te escucho pero no logro entenderte. Larguémonos ¡Olvídate de Alex! yo puedo darte todo lo que te mereces, te quiero Elisabeth. Volvamos a intentarlo, te lo pido por nuestros hijos.

—¡Ernesto es imposible! no insistas más te lo ruego Tengo que marcharme.

—No Elisabeth, no te vayas, he viajado hasta aquí para estar a tu lado, no puedes dejarme así, vayamos a tomar algo, y hablamos tranquilamente estoy convencido de que....

—¡No! ¡Amo a Alex! ¡No pienso dejarle ni por ti ni por nadie!

— ¡Alex, Alex, Alex...! ¿Pero qué te da él que no pueda darte yo? ¡Dime! ¡¡Dímelo! ¡¡Yo también puedo dártelo!! —subió el tono de su voz.

—Muchas cosas que jamás tu entenderías.

—Necesito hacerte una pregunta ¿Si él no estuviera? —la miró fijamente a los ojos. —¿Volverías conmigo Elisabeth?

Habían sido muchos años de matrimonio, sintió tristeza, no quiso aguantarle la mirada.

—Mírame a los ojos, Elisabeth, por favor. —se acercó a ella con la intención de besarla, sus cuerpos casi se rozaban.

—¿Volverías a mi lado? —insistió.

—No puedo contestarte. —se alejó, sentirle tan cerca le incomodaba. —Debo marcharme, te pido por favor que me olvides, que me dejes....

Ernesto le dio la espalda, sin más se alejó, se dirigió firmemente hacía su automóvil, ni un beso, ni una caricia, ni una última mirada, solo el desprecio por Alex alimentaba su venganza.

Quiso asegurarse, abrió el maletero, la bolsa seguía intacta, el arma fielmente escondida. Solo tenía un pensamiento. Una única solución matar a Alex.

Por unos instantes Elisabeth se quedó paralizada, reaccionó y aceleró su paso hacía el barco, sin mirar hacia atrás subió apresuradamente hasta la cubierta. Aprovechó que Alex estaba escribiendo para bajar a cambiarse, sintió mucho frio, su cuerpo todavía temblaba, pensó en tranquilizarse, necesitaba reconstruir lo vivido apenas unos instantes con Ernesto. Sus palabras se repetían incansablemente en su mente. No sentía miedo pero sí incertidumbre, por lo que pudiese tramar Ernesto, no le tranquilizó su despedida, le pareció que no aceptaría su negativa como respuesta.

CAPITULO 35

Pensó en marcharse lo antes posible hacía Cadaqués, deberían salir antes de la tormenta, aún estaban a tiempo. Subió rápidamente al velero…

—Alex ¿Nos vamos a Cadaqués?

—Cariño ¿Ya estás aquí? ¿Has comprado algo?

—¿Comprado? ¿Dónde?

—Me dijiste que ibas a la tienda de tejidos del puerto ¿No has ido?

—¡Ah! ¡Sí! —le mintió de nuevo, no se veía capaz de explicarle que Ernesto estaba allí, que habló con él y que deseaba largarse inmediatamente— no he visto nada que realmente me gustara.

—No te preocupes seguro que en algún pueblo encontrarás lo que andas buscando ¿Era para los cojines de la cama, no?

—¿El qué? —evitó mirarle a los ojos.

—Elisabeth, los cojines, los tejidos... Creo que no has desayunado lo suficiente ¿O tal vez todavía tienes sueño? —se rio. —No deberías levantarte tan temprano.

 La abrazó y la besó en la frente.

—Vámonos Alex, salgamos ya hacía Cadaqués.

—¿A Cadaqués? Hoy no cariño, tal vez mañana, se acerca una tormenta, no es necesario cruzarla, podemos esperar, no hay prisa.

—Pero ¿Por qué? Estamos preparados, hemos pasado ya por alguna tormenta. ¡Venga! Lo preparo todo.

—No Elisabeth hazme caso ¿Qué problema hay? No entiendo tantas prisas, además todavía nos queda por visitar La Terraza, la cafetería en la Plaza de la Catedral. Debe salir en nuestro libro. Esta tarde iremos a tomarnos un café ¿De acuerdo?

—Eso podemos buscarlo por internet.

—Sabes muy bien que no es lo mismo, muchos detalles no salen reflejados.

—Está bien. —no quiso insistir más. —pero mañana nos vamos antes de que amanezca.

—Como tú quieras. Ven dame un beso ¿Te he dicho hoy ya cuánto te quiero? —nuevamente la abrazó.

—Creo que es la cuarta vez hoy. —le miró a los ojos riéndose.

Se fundieron en un apasionado beso, en todo el tiempo vivido juntos no habían perdido ni un ápice de romanticismo. Los dos valoraban su relación de admiración mutua, eran incapaces de no expresar muestras de cariño continuamente.

Ernesto se dirigió al mirador del puerto, una vista fantástica desde donde con seguridad hubiese llegado alcanzar la vista del velero de Elisabeth. A su lado una botella de coñac francés, desconocía si Veronique se percató de su última fechoría, ya poco le importaba qué pudiera pensar de sus continuos hurtos en el bar del hotel. Echó un corto trago, el suficiente para calmar su ansiedad que le dejase pensar con claridad. Debía organizar una estrategia perfecta, nada podía dejar cabos sueltos. Pensó en realizar antes unas llamadas, nadie debía imaginar que estaba en Cádiz. Haría creer a sus hijos y a Veronique que había llegado a Barcelona. Para Elisabeth se las ingenió para enviarle un mensaje escrito a modo de despedida:

"Me dirijo a Barcelona, seré paciente, esperaré a que recapacites, sé que aún me quieres, lo vi en tus ojos, no te atreviste a mirarme cuando te pedí que volvieras conmigo. No me cansaré de intentarlo, te amo demasiado para renunciar a ti. Calculo que a la noche ya estaré en casa, te llamaré, sé cuánto sufres cuando conduzco demasiadas horas seguidas. Hasta la noche. Te quiero".

Pero las intenciones de Ernesto eran muy distintas, su objetivo era librarse de Alex, creía que su desaparición le dejaría el camino libre para conseguir de nuevo el amor de Elisabeth.

Se atrincheró en la nefasta habitación cerca de la entrada del puerto, desde allí y con unos prismáticos podía visualizar la entrada y salida de todas las personas que transitaban por ese lugar. Elisabeth, no quiso en ningún momento preocupar a Alex, no le comentó lo sucedido. Pero su actitud era extraña. Alex estaba sorprendido, la conocía muy bien, estaba seguro de que algo la tenía en ese estado de una cierta alteración impropia de ella.

—Elisabeth, ¿Te preocupa algo, tus hijos, tal vez?

—No, no, solo que estoy un poco nerviosa, no sé por qué. No me hagas caso Alex.

—No has querido salir a comer fuera hoy, que raro. A ver a mí me encanta todo lo que preparas, pero ya que estamos aquí...

—Sí, estoy un poco rara hoy Alex, perdóname.

—No pasa nada… Está bien, pero prepárate, me prometiste que iríamos al bar La Terraza hoy.

—Sí, claro. Dame diez minutos.

—¿Te parece que vayamos a pie? Está aquí mismo.

—Sí, mejor un paseo me hará bien. Se dirigieron a la plaza del puerto, Elisabeth no paraba de mirar a un lado y a otro. No confiaba en la posible reacción de Ernesto.

Desde la ventana de la habitación, Ernesto los divisa a través de los prismáticos. Salió rápidamente del habitáculo en cuanto los vio, bajó unas estrechas escaleras, no se separó en ningún momento de la bolsa donde portaba el arma de fuego. Al salir a la calle, por un momento los perdió de vista, caminó con rapidez al mismo tiempo que intentaba averiguar que ruta habían seguido ellos. Los presenció en la terraza de la cafetería.

—¿Qué te parece Elisabeth, te lo imaginabas así?

—¿El qué Alex? —preguntó desconcertada.

—El bar Terraza, estas muy despistada hoy. —lo siento, sí está muy bien, tiene estilo.

—Señores, ¿Qué va a ser?

—Sí, dos cafés, por favor.

—Ve tomando notas Elisabeth, tendrás que hacer una descripción completa de este lugar.

Ambos se miraron a los ojos, sonrieron, sabían lo que iba a pasar, esos hermosos labios rojos iban a dejar su huella en el borde de la taza. A Alex le hacía mucha gracia eso.

Y así fue, Elisabeth grabó con su rojo carmín el contorno de la taza. Ella lo hacía a propósito.

De pronto... Se oyó un grito...

¡¡¡Cuidado!!! ¡¡¡Cuidado!!!...¡¡Hay un hombre con una pistola!!

—¿¡Qué pasa, a qué vienen esos gritos!? —Alex se incorporó inmediatamente.

—¡¡¡Alex… cuidado, es Ernesto!!!

—¿Ernesto? ¿¡Qué haces aquí… qué quieres!? —miró incrédulo a su alrededor. —¡¡¡Llamen a la Policía!!!

—¡Qué voy a querer! ¡¡Lo que es mío!!

Apuntó con el arma a Alex, su mano temblorosa sujetaba la pistola, su dedo índice estaba a punto de apretar el gatillo.

—¡Elisabeth apártate...! —le ordenó Ernesto.

—¡¡Apártate cariño, por favor!! —gritó Alex.

Elisabeth se puso delante de su amado Alex en el mismo instante en que apretó el gatillo...

—¡¡¡Nooooo!!! —gritó Ernesto. —¡¡¡Nooooo!!!!

Salió de estampida, disparo de nuevo dos veces al aire para evitar que le siguiesen. Se adentró en las estrechas callejuelas y desapareció del lugar.

El disparo alcanzó de lleno a Elisabeth en el pecho.

—¡¡¡¡Dios mío, Elisabeth!!!

Alex la cogió inmediatamente, yacía en el suelo. Sangraba, con su mano intentó evitar una hemorragia que podía ser letal.

—¡¡Amor mío, no, no, no…!!

Apretó su cuerpo contra el suyo… como si quisiese dárselo…

Abrigó su contorno con sus temblorosas manos… Acarició su mejilla.

Se oscureció el cielo casi de repente…

Un trueno anunciaba la inminente lluvia procedente de la esperada tormenta que les retuvo allí.

Las lágrimas de Alex se mezclaron con las gotas de lluvia que corrían por sus mejillas.

La miró a los ojos, ella quiso decirle algo...

Le susurró... te adoro…

Alex miró al cielo…

FIN

A Aura de Mujer.

Eres de aquellos sueños
que nunca se cumplen,
naces de una fantasía
que se alojaba mi mente,
creía en ti firmemente,
te convertiste en deseo
y me salvaste la vida.

Sin ni siquiera título
ya me diste un regalo,
que jamás imaginé,
no tenías un futuro
bien supiste ganártelo,
pusiste ante mis ojos
lo más bello del mundo.

Sacaste de mi corazón
las garras del poder,
la fuerza de un amor
que no tiene fronteras,
arañaste mis entrañas,
sacaste de mi alma
la luz que me faltaba.

Y esa luz era tu título,
el Aura de una Mujer,
aquella que yo veía,
y me deslumbraba,
me cegaba, me dolía.

Era una espina clavada
y supiste arrancármela.

Quisiste ser Largo Silencio,
pero el gran estruendo
nos dejó sordos y ciegos,
ya no podíamos vivir sin ti,
ya no había vuelta atrás,
y triunfó la palabra
y triunfó el amor por ti.

Hoy eres ópera prima,
tienes cuerpo y alma,
tienes padre y madre,
vives ya por ti misma,
eres verdad y castigo,
eres el amor y el placer,
eres una hija deseada.

Difícil fue darte forma,
noches de insomnio,
jornadas incansables,
pero nunca hubo duda,
el amor te hizo nacer,
el amor te hizo vivir,
y tú nos devolviste vida.

Fuimos dos, pero unidos
tanto que éramos uno,
y aquella frágil fantasía,
que se convirtió en deseo,

se convirtió en una realidad,
un hecho palpable, irrefutable,
ahora eres sueño de otros.

Y tendrás la vida eterna,
pensamos en ti día y noche,
eres noche y eres día,
eres el pan de cada día.

La esencia del gran amor
que vive en los corazones
de estos tus creadores
y el Aura de sus almas.

Joan

AGRADECIMIENTOS

Quiero transmitir mi agradecimiento a Joan, por el cariño y colaboración que ha dedicado a la novela. Ha sido un placer trabajar a tu lado. Gracias por creer y confiar en mí.
Mi gratitud a Veronique por ser mi primera lectora. Un lujo haber recibido sus primeras impresiones de Aura de Mujer.
A mi familia que han tenido la paciencia de aguantarme en esta maravillosa aventura y en especial a mis hermanos por dejarme sorprenderles.

Mi nombre es Emma Arlubins, escritora barcelonesa. Mi pasión son las letras.

El inestimable apoyo y asesoramiento de veteranos escritores y poetas han sido mi guía para formarme en el exclusivo mundo de la narrativa.

Tras diversos relatos cortos, me he lanzado a argumentos largos para mis novelas.

Aura de Mujer es mi ópera prima de estás características, seguida de una espectacular novela de intriga Detrás del Silencio, y mi último trabajo, con una carga de prosa filosófica, Simplemente Tuya.

Todas ellas obras románticas aunque abrigadas siempre por un fondo de carácter existencial.

Emma Arlubins